KB121772

선생님이
계셔서
참 좋아요

선생님이 계셔서 참 좋아요

초판 1쇄 펴낸날 | 2021년 11월 25일

지은이 김호정
펴낸이 홍지연 | 총괄본부장 김영숙 | 편집장 고영완
책임편집 한미경 | 편집 정아름 김선현 전희선
디자인&아트디렉팅 책은우주다 | 디자인 남희정 박태연
마케팅 강점원 최은 이희연 | 관리 정상희 | 인쇄 에스제이 피앤비

펴낸곳 ㈜우리학교 | 출판등록 제313-2009-26호(2009년 1월 5일)
주소 03992 서울시 마포구 동교로23길 32 2층
전화 02-6012-6094 | 팩스 02-6012-6092
홈페이지 www.woorischool.co.kr | 이메일 woorischool@naver.com

ISBN 979-11-6755-024-8 03810

• 책값은 뒤표지에 적혀 있습니다.
• 잘못된 책은 구입한 곳에서 바꾸어 드립니다.

선생님이 계셔서 참 좋아요

학교,
사람을 만나다
삶을 배우다, 세상을 잇다

김호정 지음

우리학교

키 큰 나무들 곁에서

저는 자주 스스로를 실패한 교사라고 여기곤 했습니다. 수업 분위기는 어수선해지기가 일쑤였고, 학생들과 나누고자 욕심껏 준비했던 자료들은 막상 수업 상황이 되면 학생들에게서 미끄러지곤 했습니다. 제 마음만큼 부응해주지 않는 학생들 때문에 속이 상했고, 예민하고 충동적인 사춘기 학생들의 언행에 상처를 받기도 했습니다. 천직인 양 발랄하고 지혜롭게 교직을 수행하는 선후배 동료 교사들을 부러워하며 저 자신을 탓한 적도 많았습니다.

제도교육의 공간인 학교에는 '규칙'과 '질서'로 운위되는 각종 통제 장치들이 유서 깊이 작동하고 있었으나 저 자신조차 수긍하지 못하는 것들이 많았습니다. 권위 있는 집행자의 옷은 제게는 좀처럼 맞지 않았습니다. 교사로서 저의 역할이 무엇인지 혼란을 극복하지 못했습니다. 질문들은 계속 이어지는데 교육의 근본을 짚고 새로운 대안을 찾아가는 길은 녹록지 않았습니다.

그러나 숱한 회의와 실패 속에서도 끝까지 좌절하지 않을 수 있었던 건 학교 현장에서 만난 학생들과 교사들 덕분이었습니다. 비록 실패를 경험할지라도 학교는 또다시 다양한 실천과 실험을 행할 수 있는 공간이었고, 앞서 나아가며 길이 되어주는 이들이 있었습니다. 그들의 어깨 아래에서 저 또한 크고 작은 시도들을 해보며 저 자신을 딛고 일어날 수 있었습니다. 넘어지려 할 때면 한 번 더 손을 내밀어주는 동료 선후배 선생님들, 고민과 혼란 속에서도 한 뼘 더 성장해가는 학생들, 그들 곁에서 저는 키 큰 나무 사이를 걸을 때처럼 마음의 키를 키울 수 있었습니다. 암막해지려는 마음속에 빛을 당겨주는 순간들을 마주할 수 있었습니다.

이 책은 그런 순간들에 대한 작은 이야기입니다. 책 속에 등장하는 '이 선생님'을 통해 저는 우리 곁의 평범한 교사가 겪는 학교 안의 만남과 배움과 성장의 순간을 기록하고자 했습니다. 그리하여 20여 년 동안 제가 직접 경험한 이야기들과 간접적으로 겪은 현장의 이야기들을 엮어 소설 형식으로 담아보았습니다(7장과 8장에서는 이야기의 진행을 위하여 허구의 인물을 내세우기도 했습니다).

아픈 세상에서, 아픈 학생들 곁에서, 누구보다 아픔을 겪고 계실 선생님들에게 함께 반짝였던 시간들을 기억해내자고, 지금 선생님들이 힘껏 지나오고 있는 순간들 또한 그런 기억 속의 별자리로 놓이지 않겠느냐고 감히 말씀을 드리며 이야기를 펼쳐봅니다.

차례

| 일러두기 |

• 이 책은 학생들과 수업하거나 활동한 자료를 바탕으로 구성한 것입니다(고딕체 표기 내용
  의 대부분은 수업 내용과 수업 자료, 학급 운영 자료, 동아리 운영 자료, 그 외 교육 활동 자료 들에서
  인용, 발췌했습니다).

• 책에 등장하는 인물들의 이름은 모두 가명입니다. 다만 학생들이 직접 쓴 글들을 인용할
  때에는 실명을 그대로 썼습니다(오래전 만났던 학생들에게 일일이 글 게재를 허락받기 어려웠던
  점에 대해서는 양해를 부탁드립니다).

첫걸음

새 학기는 언제나 환절에서 시작된다. 후텁지근한 열기가 다 가시지 않은 8월 말의 오후, 교육청 소회의실에서 이는 신규 교사 몇 명과 함께 1993년 9월 1일자 발령장을 받았다. 이의 발령지는 집에서 그리 멀지 않은 B고등학교였다.

"잘 됐다. 자기는 고등학교가 더 맞을 거야."

A중학교의 선배 교사들이 발령을 축하하며 말했다. 그건 격려였지만 한편으로 이에게 지난 학기 내내 학생들 사이에서 어 줍고 어색함에서 벗어나지 못했던 제 모습을 반추하게 했다.

발령을 기다리는 동안 이는 A중에서 육아휴직에 들어간 교사를 대신하여 기간제 교사로 일했다. 이가 처음 학교에 가서 낯설었던 건 학교생활의 절반이 교무실에서 이루어진다는 것이었다. 학생들과의 수업 장면만을 그려왔던 이는 교무실에서 이물감을 느꼈다. 옆에 앉은 선배 교사는 반듯한 단발머리에 목소리가 온화하고 조용한 사람이었다. 이가 첫 출근을 한 날부터 한동안 아침마다 그 선배 교사의 옆에는 어떤 학생이 무릎을 꿇고 있었다.

그 학생은 매일 지각을 한다. 그리고 수업 시간에 마냥 엎드려 잔다. 3학년인 그 학생은 1, 2학년 때 몇 번 폭력을 휘두르고 교사들에게 대들기도 했다. 온화한 선배 교사는 그 학생에게 날을 세운 목소리로 오늘의 지각과 무성의한 태도와 변함없는 나태를 질타한다. 검은 얼굴 곳곳에 여드름 자국이 있는 그 학생은 오금이 저린 무릎을 잠시 반대 방향으로 옮겨 꿇는다. 서로 다른 분출구의 조숙함과 미숙함이 냉소적인 표정 가운데 비어져나오는 걸 아랑곳하지 않고 치켜뜨는 데 익숙한 눈. 그 학생의 눈엔 허덕임과 들끓음이 고여 있다.

'요주의 학생'에 대한 학기 초의 다잡기였을지 모르겠으나, 이 자신이 그 학생이어도 선배 교사의 말에 마음 한 군데인들 움직이지 않을 듯했다. 허공에 퍼지는 말과 허공에 묻는 시선이 교무실 구석에서 무미한 공허를 만들고 있는데 누구도 그 공허를 깨뜨리지 않았다. 이는 수업 종이 쳐서 그 학생이 무릎을 펴고 돌아가기까지, 그 선배 교사가 친절히 커피를 권하기까지 병풍처럼 그 학생 곁에 앉아 있었다.

　같은 학년을 맡은 선배 교사가 이에게 교과서와 교사용 지도서, 참고서를 주면서 진도를 알려주었다. 친절한 태도였으나 무엇을 어떻게 학생들과 나누어야 할지 이는 여전히 막막했다. 학습지도안 계를 맡은 이에게 연구부장은 매달 지도안을 걷고 도장을 찍어 되돌려주면 된다고 말했다. 각을 세운 눈썹이 도드라진 얼굴에 자줏빛 뿔테안경을 쓴 연구부장에게선 관록 깊은 교사로서의 자부며 조직과 체계에 맞물려 윤을 내온 품위가 풍겼다. 그것은 어쩐지 이를 서걱이게 했으나 그는 얼른 이를 자상히 챙겨주었다. 그는 또 아침마다 빵이며 과일이며 풀어놓고는 수다의 장을 열었다. 몇 반의 누가 뭘 어떻게 했고, 어제 우리 집 애가 뭘 어떻게 했고…… 이는 쏟아지는 얘기들 사이로 조심스레 빵조각을 베어 물며 주춤주춤 고개를 끄덕였다.

　교과서 내용은 학생들이 접하기에는 진부한 느낌을 주는 것들이 많았다. 교사용 지도서에 수업 방향이 제시되고 관련 참고자료들이 일부 실려 있었으나 거기서 자신의 목소리를 퍼올릴 수는 없었다. 임용고시 대비로 외웠던 하이라이트 참고서식 지식을 학생들 앞에서 반복할 수도 없는 일이었다. 이에게는 감동을 주었던 중고교 시절의 여러 선생님들이 있었다. 그들의 수업은 한결같이 교과서 너머에까지 가닿곤 했다. 그러나 A중 교무실에서 교사들은 무엇을, 왜, 어떻게 배울지 함께 이야기하지 않았다. 그들에겐 저마다의 교실이 있었고 수업 기법이 있었으며 각자 스스로를 전문가라고 여기는 듯했다.

교실에서는 학생들이 새로 온 이를 주목하며 올망졸망 앉아 있었다. 호기심이나 기대, 어쩔 수 없이 이어갈 관계에 대한 체념 섞인 수용 등이 얼버무려진 학생들의 눈빛을 이는 기꺼운 관심이라 읽었다. 당시는 A중을 비롯해서 교복을 입지 않는 학교가 많았는데, 평상복을 입은 중2 학생들에게서는 성장 폭의 편차가 더 크게 느껴졌다. 틈만 나면 짝꿍과 주먹질 섞인 장난을 하는 꼬맹이들이 있는가 하면 소란 속에서도 교사의 목소리에 귀 기울이며 고개를 끄덕이는 숙성한 얼굴도 있었다.

그 3월 초, 교실에 들어서며 이가 느꼈던 건 일종의 비애감이었다. A중학교에서 멀지 않은 곳에 이가 다녔던 대학 교정이 있었다. 이 또한 중학교 시절, 한 학년이 70명씩 20학급이나 되는 학교에서 지지고 볶는 경험을 했으면서도 학생들을 구겨넣은 교실 풍경이 새삼스러웠다. 이는 자신이 부조리한 무대의 감독처럼 여겨졌다. 거닐 산책로도 뒹굴 잔디밭도 없이 언덕바지에 조그마한 운동장을 얹어 만든 폐쇄적인 공간에서 학생들은 말하기보다는 듣기를, 움직이기보다는 묶여 앉기를 강요받았다.

봄날의 하늘은 부풀어오르고 가지마다 새 움이 트는데, 단조로운 칠판을 향해 줄 맞추어진 책걸상 틈에서 학생들의 몸이 삐져나오고 목소리가 번져나올 때, 이는 그것들을 제어해야 할 명분을 찾지 못했다. 학생들은 이의 혼란을 간파했고, 일부는 이의 마음을 이해와 선의로 헤아려주었으나 그보다는 하나둘씩 취해도 되는 행위의 범위를 넓혀가면서 이가 감내할 수용의 반경을 밀고 갔다. 이는 힘껏 볼륨을 높여 말했지만 그럴수록 학생들의 볼륨도 높아졌다. 과연 무엇이 소음인지 이가 팽그르르 물음을 굴리는 사이, 한쪽에선 자유의 틈새를 만끽하는 표정이, 또 한쪽에선 주파수가 맞지 않는 라디오를 대하듯 갑갑해하는 표정이 읽혔다.

'우리는 무슨 말을 하러 여기에 온 거니? 얘들아⋯⋯.'

수업을 마칠 때면 이는 오른쪽으로 치우친 고개를 처진 어깨 위로 떨어뜨리며, 45분의 멍에를 벗고 쉬는 시간 10분에 몰입하는 학생들 사이를 빠져나왔다.

한미영 선생은 이가 부담임을 맡은 2학년 6반의 담임교사였다. 3월 첫 주를 보내고 여전히 신학기 업무로 바쁜 시기였지만 한 선생은 틈틈이 이에게 다가와 학생들의 반응은 어떤지, 곤란한 점은 없는지 묻곤 했다. 이는 한 선생에게 수업 상황의 혼란과 학생들을 향한 어설픈 애틋함과 교사로서의 무력감을 토로했다.

한 선생은 이를 떡볶이 모임에 데리고 다녔다. 마침 이가 수업하는 반의 담임교사인 영어과 김 선생과 사회과 주 선생이 그 멤버였다. 과학과 이 선생과 최 선생, 수학과 강 선생도 함께했다. 떡볶이도 먹고 커피도 마시고 순댓집에도 들르고 팥빙수도 먹고…… 모임에서는 못다 풀어냈던 그날그날 수업의 희비와 실패에 대하여 함께 원인을 궁구하고 새로운 시작을 북돋웠다.

눈빛이 맑고 카랑한 한 선생은 도덕 과목을 맡고 있었는데 나긋한 말씨가 논리적이면서도 섬세했다. 영어과 김 선생은 학생들과 코드를 가뿐히 맞추면서도 카리스마가 넘쳤다. 동네 큰언니처럼 품이 넉넉한 과학과 이 선생은 사리에 밝되 함부로 분별하지 않는 태도가 미더웠다. 일라이자 파마에 드레시한 옷을 예쁘게 소화하는 최 선생은 교사 생활 몇 년 만에 얻었다는 허스키한 목소리와 군더더기 없는 행동이 씩씩한 공주의 기분 좋은 쾌활함을 연상케 했다. 땅끝마을 출신의 수학과 강 선생은 곁에 다가가면 어떤 모서리라도 닳아질 것처럼 질박하고 결 고운 사람이었다. 말수가 적고 단정한 사회과 주 선생에겐 처음엔 다소 다가가기 어려웠는데, 어느 날 노래방에서 정갈한 목소리로 이선희의 노래를 부르는 것을 듣고 이는 그에게 흠뻑 빠졌다.

"비바람이 없어도 봄은 오고 여름은 가고…… 눈물이 없어도 꽃은 피고 낙엽은 지네……."

그렇게 가만가만 그들에게 스며들며 이는 자신 안에서 익어갈 어떤 시간들을 그려보았다.

이는 학교 밖에서도 수업에 대해 세세히 도움을 받을 수 있는 선배들을 만났다. 도덕교사모임을 열심히 하고 있던 한 선생은 이에게도 국어교사모임을 소개해주었다. 이가 국어교사모임에서 만난 김 선배는 1989년 전교조 결성 당시 해직된 교사로서, 교과수업을 위해 수년간 자료를 모으고 분석하며 연구하고 있었다. 이와 이의 대학 동기 몇몇이 새내기 교사모임을 김 선배와 함께했다. 이네들은 대학 시절 『삶을 위한 문학교육』을 읽으며 교과서 분석을 한 적은 있지만, 이제는 남의 비평에 얹혀갈 처지가 아니었다. 수업을 어떻게 가능하게 할지, 수업에서 무엇을 나누어야 할지 다시 고민해야 했다.

김 선배는 학구적인 사람이었으며 무엇보다 유연했고 후배들의 실패를 무겁지 않게 일상의 체련으로 슬쩍 들어 올려주었다. 안이한 교과서에 대한 분석을 게을리하지 말되 교사의 목소리를 주입하는 것으로부터도 거리를 둘 것. 학생들이 왜 읽고 쓰는 것을 싫어하는지, 그들이 읽고 싶거나 쓰고 싶은 이야기는 무엇인지 그들의 자리에 들어가볼 것. 교사 스스로 풍부한 독서와 학습을 통해 안목 있는 비평가가 될 것. 김 선배의 조언을 새기며 이는 스스로의 수업 목표를 설정하고, 교과서를 부감하며 내용을 보충할 방편을 찾기 시작했다. 교사모임에서 발행하는 정기간행물을 꼼꼼히 읽어보고 토의 수업, 이야기 수업, 생활 글쓰기 수업 등 여러 수업 모형을 적용해보려 애썼다.

교사모임 연수에서는 다양한 수업 사례가 발표되었다. 발표자들은 기꺼운 개척자들이며 실패를 무릅쓰고 모험을 거듭한 끝에 경지에 달한 달인이었고, 생기 넘치는 회원들의 경청 속에서 연수장엔 부흥의 열기가 흘렀다. 그러나 자신의 교단 앞에 선 이는 여전히 기본적인 수업 분위기 조성에도 실패하는 초심자였다. 그럼에도 학생들의 솔직한 생각이 담긴 글들에 밑줄을 긋고 덧글을 달아주면서 이는 이제 자신도 학생들과 어떤 세계를 공모하고 그 세계에서 뜨거워질 수 있으리란 희망을 조심스레 쌓아갔다.

수업을 구성하고 수많은 변인 속에서 그것을 풀고 엮어가는 건 도전의 연속이었다. 가장 고민인 것은 문법을 다룰 때였다. 단일어와 복합어로, 복합어가 다시 파생어와 합성어로 나뉘는 단어의 세계를 학생들에게 쉽게 전하기란 녹록지 않았다. 특히 형태소며 어근과 접사를 익히는 건 난이도가 높았다.

이는 활동 자료를 나누어주고, 학생들이 교과서를 읽으며 각각의 문법 용어와 그에 대한 설명을 짝지어보도록 했다. 학생들

은 얼추 짝은 맞추었으나 도통 무슨 말인지 모르겠다는 표정이
었다.

단어는 일반적으로 자립하여 쓰일 수 있는 말의 단위를 가리키는데 하나 이상의 형태소로 구성된다. 조사는 그 특이한 성격 때문에 단어로 인정한다. 단어의 가장 중심이 되는 형태소를 어근^{語根}이라 하고, 어근에 어떤 뜻을 더해주는 의존적인 형태소를 접사^{接辭}라 한다. 접사는 제 홀로 단어가 되지 못한다. 어근과 접사로 형성된 단어를 파생어^{派生語}라 한다.

낯선 용어뿐만 아니라 추상적 사고와 범주화에 충분히 익숙지 않은 학생들과 어떻게 이 설명의 미로를 헤쳐갈 것인가.
'단일어/복합어'를 설명하기 위해 영어의 '단수/복수' 개념을 환기시키고, 파생어를 설명하기 위해 '경주 이씨 익재공파'라며 제 성씨까지 들먹이고, '素'니 '根'이니 '接'이니 한자의 뜻을 풀이하며 설명을 이어갔으나 버벅거리는 느낌이었다. 개념이 이해가 안 될 땐 용례를 찾는 게 도움이 될 터였다. 이는 각 용어에 해당하는 말들을 학생들과 같이 찾아보았다. 학생들은 그중에서도 파생어를 가장 어려워했다.
이는 범위를 교과서 학습활동으로 좁혀서 학생들과 하나씩 용례를 찾아갔다.

"'살구'라는 어근에 '야생의 것', '질이 떨어지는 것'을 나타내는 '개-'가 붙으면 '개살구'가 돼. 빛깔만 좋고 못 먹는 살구를 흔히 '빛 좋은 개살구'라 그러지? '개철쭉'이나 '개떡'도 그런 뜻의 '개-'라는 접사가 들어간 단어야. 접두사 '개-'는 '헛된', '쓸데없는'의 뜻을 더하는 경우도 있는데 이런 '개-'가 붙은 단어는 또 뭐가 있을까?"

"개미요!"

"개구리!"

"개새끼!"

"개고기!"

"개띠!"

"게맛살!"

"아니, '개미'는 'ant', '개구리'는 'frog'라는 뜻을 가진 단일어고, '개새끼', '개고기', '개띠'의 '개'는 'dog'라는 뜻을 가진 어근이야. 바닷게는 '개-'가 아닌 '게'잖니?"

아무래도 어려운가 싶어 이가 설명을 보탰다.

"특별한 주제나 내용 없이 어수선하게 꾸는 꿈을 무슨 꿈이라 그러더라?"

"개꿈?"

"그렇지! 자, 이번엔 교과서에 나온 '신新-', '새롭다'라는 의

선생님이 계셔서 참 좋아요

18

미를 더해 만들어진 말을 찾아보자.”

“신송간장!”

화통 삶아 먹은 듯한 목소리로 걱실걱실 대답을 잘해서 수업 분위기를 살리곤 하는 영호가 이의 말이 끝나기 무섭게 답했다. 이가 풋, 웃음을 터뜨렸더니 이윽고 학생들은 떠오르는 말들을 저마다 질러댔다. 신라면, 신발, 신승훈, 신신애, 신한국당, 신바람, 신데렐라, 신체, 신용, 신제품…… 칠판에 적힌 단어들 중엔 동그라미가 두 개 겨우 쳐졌다. 아무 말 대잔치가 되어갈수록 교실엔 활력이 넘쳐났다. 제 대답이 제대로 판서되었는지 칠판 아래쪽을 보려고 아예 의자 위로 올라가 소리를 지르는 학생도 있었다.

교과서엔 ‘시-’, ‘빗-’, ‘덧-’, ‘미未-’, ‘불不-’ 등의 접두사와 ‘-님’, ‘-스럽-’, ‘-다랗-’, ‘-개’, ‘-가家’, ‘-수手’ 등 접미사의 예를 더 찾도록 되어 있었다. 이는 학생들과 함께 접사가 붙은 단어에 동그라미를 해나갔다. 그때 뒤쪽에서 무열이가 조금 볼멘소리로 물어왔다.

“선생님, 이딴 거 왜 배우는 거예요?”

새내기 교사였던 이는 질문의 속내를 헤아려주지 못했다.

“사람들은 언어를 사용할 때도 경제성, 그러니까 적은 노력으로 많은 효과를 거두길 추구하거든. 사과를 열리게 하는 나무가 있는데 ‘사과’나 ‘나무’라는 어근을 버려두고 ‘사과나무’ 대신 ‘아카펄룽비구'라는 새로운 단어를 만든다고 해보자. 그러면 그렇게 만들어지는 새로운 단어를 배우느라 우리가 얼마나 더 힘들어지겠니. 사전은 또 얼마나 두꺼워지고. 그런데 어근과 접사를 활용하면 훨씬 더 수월하게 단어를 만들 수 있지. 예를 들어 '비행기', '녹음기'처럼 새로 생긴 물건들에 이름을 붙일 때도 기계를 나타내는 접사 '-기'를 활용하면 더 쉽고……."

이의 진지한 설명이 이어지는 동안 정작 질문한 무열이는 시큰둥했다. 시끌벅적하던 학생들은 잠잠해지고 몇몇은 책상 위로 엎어졌다.

열심히 필기하던 명화가 짜증을 누르며 말했다.

"선생님, 시험 문제는 쉽게 내주셔야 해요……."

왜 아니랴, 이는 예민한 명화의 이마를 쳐다보며 그 학생의 조바심을 헤아려보았다. 우리가 접하는 낱낱의 개념이 모두 낯선 것일 때 우린 당연히 긴장하게 되지. 지금 당장 이 모든 걸 완벽하게 알지 않아도 좋아.

"선생님도 중학교 때 이 부분 배우면서 힘들더라. 시험엔 교과서에 나온 것들 중에서도 제일 쉬운 부분을 낼게."

그 며칠 뒤 열린 교내 체육대회에서 이는 몇 번이나 눈물을 훔쳤다. 반별 이어달리기는 체육대회의 정점이다. 교실에선 목소리를 얻지 못하던 학생들, 정답이 아니라고 도리질되는 데 맥이

풀려 불쑥불쑥 자신들만의 진앙을 만들어내던 학생들이 운동장을 달렸다. 응원의 함성을 뒤로하고, 그들의 여문 다리가 학교 운동장 너머 나지막이 보이는 주택가며 상가와 도로, 피로한 듯 버거운 듯 무심한 듯 펼쳐진 풍경 안에서 스포트라이트처럼 환해진 운동장을 돌리고 또 돌렸다. 수업 시간마다 엎드려 자는 게 익숙한 종서도, 신송간장 영호도, 신신애 경옥이도, 개구리 종현이도 모두 터질 것처럼 상기되었다. 학생들의 접혔던 시간과 공간이 활개 펴며 작열하는 그 운동장에서 이는 부끄러움과 초라함을 느꼈다.

그렇게 1년쯤 A중에 있어도 좋으리라 생각했지만, 이는 한 학기 만에 학교를 옮기게 되었다. 학생들과의 마지막 수업을 준비하며 이는 교과서를 펼쳤다.

'……이 몸은 원수 왜倭에게 선전포고를 내리고 지금 사선死線에 있으니, 내 목숨을 어찌 믿어, 너희가 자라서 대면하여 말할 수 있는 날을 기약하겠느냐……?'

쉰셋의 아버지가 고향으로부터 수륙水陸 몇천 리 떨어진 타국에서 열 살, 일곱 살짜리 아들에게 자신의 경력을 남겨 전한다는 『백범일지』의 서문이었다.

식민지가 된 이 땅엔 격렬한 저항과 투쟁이 이어졌다. 그럼에

첫걸음

21

도 수십 년 수탈의 체제가 완강히 도사리자 시류에 편승하는 이들이 늘었다. 절망을 희망으로 채색해낸 이들은 스스로의 변명에 구차를 벗었으며, 암흑도 한세상 누려볼 만하겠노라 영예에 들뜨는 이도 있었다. 그런 가운데에도 곳곳에 사위지 않는 결기가 있었고, 그 곁에서 백범은 풍찬노숙을 하며 싸웠다. 제국은 패망하고 해방은 다가왔으나 나뉘고 갈라진 세상에서 오욕과 수난이 점철되었다. 백범은 암살되었고 그 배후는 아직도 분명히 밝혀지지 않았다. 척박한 땅에서도 아이들은 자라고 그 아이들의 아이들의 아이들이 이의 무구한 학생들로 앉아 있건만, 짧은 수업 시간의 몇 마디로 그간의 내력을 다 살필 수는 없었다.

교과서에는 글쓴이가 처한 환경과 시대적 상황이며 글쓴이의 경력에 관한 간단한 질문이 실려 있었다. 이는 전 시간에 『백범일지』와 백범의 몇몇 일화를 소개하고 일제강점기에 관한 사진 자료를 함께 본 데 이어 전지에 노래 〈어머님 말씀〉의 가사를 베껴써서 교실로 들고 갔다.

2학년 6반 교실엔 전등이 모두 꺼지고 커튼도 처져 있었다. 교탁엔 학생들이 정성스레 쌓아올린 초코파이가 있었다. 영호가 초코파이 케이크 위의 초에 불을 붙였다.

"선생님, 감사합니다!"

학생들이 외쳤다. 그러고는 한 사람씩 자신이 써온 편지를 케이크 옆에 수북이 올려두었다. 이는 눈물이 글썽거리는 걸 참고 촛불 여섯 개를 불어 끈 다음 편지들을 수업 가방에 챙겨 넣었다.

"애들아, 수업하자."

일렁이는 가슴을 갈앉히고 이가 말했다. 교과서 넘기는 소리가 오롯이 들렸다. 이가 칠판에 전지를 붙이는 것을 뒷자리의 성숙이가 나와 도와주었다. 이는 노래를 먼저 카세트테이프로 들려주었다. 멜로디는 단순했다. 이는 학생들과 노래를 한 소절씩 불러보았다.

"아들아 내가 너만 했을 때 비누공장의 여공이었다/우리는 열심히 일을 해서 일본만 좋은 일 시켜줬단다……."[1]

교실 가득한 몰입이 이의 핏줄을 생생히 잡아당겼다. 이가 질문을 던졌다. 나라를 잃는다는 건 어머니에게 어떤 일이었나. 우리가 빼앗긴 것들은 무엇이었나. 어머니의 약혼자는 왜 죽고 오빠는 왜 소식이 끊겼을까. 공장에서 끌려간 친구들의 삶은 어떠했을까. 여러분은 이들에 대해 들어본 이야기가 있는가. 해방이 되어도 사람들이 돌아오지 못한 까닭은 무엇일까. 어머니가 아들에게 당부한 말씀을 아들은 이루었을까. 우리가 살고 있는 이 나

1 ─ 김건호 시집 『어머님 말씀』(노래로 불려오던 내용이 2011년 시집으로 출판됨) 참고. 일제강점기와 해방, 6·25전쟁을 거쳐 굴곡진 현대사를 살아온 어머니의 한 서린 이야기를 듣고 아들이 노랫말을 만들었다고 한다.

라는 어떤 나라일까.

학생들은 진지하게 귀를 기울이고 조심스레 손을 들어 생각을 말했다. 노래를 처음부터 되부르던 중에 종이 쳤으나 학생들은 마지막 소절까지 마저 불렀다. 배고파 우는 사람 없게 하여라 추위에 떠는 사람 없게 하여라…….

한 선생네 반인 2학년 6반 외에도 김 선생, 주 선생네 반 학생들도 엽서와 롤링 페이퍼를 건네주었다. 이는 그 편지글들을 읽으며 몇 번이나 쿡쿡 웃음을 터뜨렸다.

순진하신 선생님을 항상 괴롭혀드려 정말 죄송합니다. 선생님과 정도 많이 들었는데 이렇게 헤어지게 돼서 정말 섭섭합니다. 선생님이란 느낌보다 누나 같은 느낌으로 항상 생각했는데…….
국어 시간에 시키신 것 하지도 않고 짝꿍하고 노닥거리고 수업 종이 쳐도 돌아다니고 공부하기 싫으면 잠자고, 이제 생각하니 저는 죽일 놈입니다. 떠나시면 후회하실 거예요. 제가 없으니까. 이만 줄이겠습니다.

이준태 올림

선생님, 그동안 우리를 가르치느라 힘드셨고 속 많이 썩으셨겠죠.
선생님, 선생님께서 전근 가신다니 아쉽고도 섭섭합니다.

거기에 가서도 우리와 같은 악당은 만나지 마시고 좋은 아이들이 많은 곳으로 들어가 가르치세요. 그럼 이만 줄이겠어요.

이상웅 올림

선생님, 안녕하세요. 그동안 속 많이 썩여드려서 죄송합니다. 말도 안 듣고 공부도 안 해서 정말 죄송했습니다. 원래는 내일모레부터 공부하려고 했습니다.(진짜예요.) 다른 학교에 가시더라도 몸 건강하세요. 저희 동네에 자주 오세요. 안녕히 가세요.

서철현 올림

선생님과 정이 많이 들었는데 선생님이 전근 가시는 게 정말입니까. 선생님은 영철이가 장난을 쳐도 때리지 않고 말로 하시기 때문에 선생님을 점점 좋아하고 있는데 선생님이 전근을 가신다니 참 섭섭합니다. 선생님, 전근 안 가시면 안 돼요?

김영철 올림

선생님, 어디 가시든 훌륭한 선생님이 되셔서 다른 아이들도 열심히 가르쳐주세요. 선생님, 그럼 굿-바-이.
추신: 선생님, 기분도 그런데 생맥주나 한잔하시죠. 요즘은 더치페이.

김영국 올림

훗, 영국이는 이름 대신 영국 국기를 그려 넣었네. 이어지는 여학생들의 글에는 이의 고충을 헤아려주고 격려해주는 마음이 더 살갑게 묻어 있었다.

선생님, 전근 가신다는 소식을 듣고 섭섭하고 슬퍼지기도 했어요. 선생님이 좋았거든요.

교과서 외에도 여러 가지 내용을 접할 수 있게 하는 수업 방식과 무엇보다 우리를 잘 이해해주시고 사랑의 눈빛으로 바라보시는 모습이 너무너무 좋았어요. 저도 선생님이 꿈이랍니다.

만남이 있으면 헤어지는 일도 있다는 걸 알지만 이렇게 빨리 또 이렇게 갑자기 헤어져야 할 줄은 생각도 못 했어요. 그동안 너무나 말썽이 많은 우리를 가르치시느라 보이지 않는 곳에서 눈물도 흘리시고 마음 아파하시고 힘들어하셨죠. 죄송해요. 저뿐 아니라 모든 아이들도 선생님과 헤어진다는 것이 무척 슬플 거예요. 선생님이 우리를 용서해주세요.

이윤정 올림

다른 학교에 가서도 더욱 훌륭한 선생님이 되시리라 믿어요. 앞으로 국어 시간이 되면 "얘들아, 힘들지? 조금만 참자." 하시던 선생님의 모습이 떠오를 거예요. 선생님, 몸 건강하세요.

김자영 올림

선생님이 계셔서 참 좋아요

갑작스러운 이별을 앞두고 쏟아낸 후회와 자성, 격려와 기원의 말들에서 풋풋한 진심이 읽혔다. 그러나 또 그대로 수업이 이어졌다면 준태는 노닥거리고 철현이는 떠들고 영철이는 장난을 쳤겠지. 성숙이는 그 학생들에게 안쓰러워하는 시선을 던지고. 후회는 뒤늦고 몸은 마음을 다 따라가기 힘든 법.

이는 학생들에게 좋은 이별을 선사받은 느낌이었다. 물론 떡볶이 모임 언니들의 조력이 한몫했다. 이는 굽은 어깨를 펴고 A중 교문을 나섰다.

택시가 B고 교감이 일러준 학교 앞 사거리에 도착했다. 서울 변두리의 낯선 곳이었지만 이가 자란 동네에서 멀지 않았고, 아파트 단지 건너편엔 나지막한 지붕들과 여러 갈래 골목길들이 아직 활기를 띠고 있었다. 횡단보도를 건너자 언덕길에 성당이 보였다. 하교 중인 B고 학생들이 이를 스쳐갔다. 이는 가까이 다가갔다 저만치 멀어지는 학생들 사이에서 그들의 표정과 목소리를 읽어보려 발끝을 돋우었다. 교복이 생경했지만 친구들에게로 기울이는 어깨며 까르르 터져나오는 웃음은 또한 이를 익숙한 설렘과 기대에 닿게 했다.

이가 교문에 다가설 즈음에는 학생들이 한결 드문드문했다. 학교 본관까지는 경사가 꽤 가파른 비탈이었다. 오른편에 펼쳐진 운동장이 여전히 좁았다. 축구공이 날아왔다. 이는 발밑의 공을 차올리고 싶었으나 공을 주우려 뛰어온 학생에게 그대로 건네며 교무실의 위치를 물었다. 8월 말 오후의 태양 아래 얼굴이 붉게 익은 채 구슬땀을 흘리던 학생은 교무실의 위치를 알려주고 고개를 갸웃, 이를 쳐다보더니 흘러내린 안경을 고쳐 쓴 뒤 공손히 인사를 하고 돌아섰다. 현관 앞에서 이는 잠시 뒤돌아 학교의 풍경을 심호흡했다. 산자락이 이고 있는 하늘은 꽤 넓게 열려 있었다. 지난여름 폭풍을 몰고 왔던 하늘이 한결 차분히 제 깊이를 달래고 있었다.

곧 9월이 시작된다. 이곳에선 어떤 학생들을 만날까. 그들과 더 쉽게 소통할 수 있을까. 이는 악당들의 어엿한 날갯짓을 상상해보며 현관문을 다잡아 열었다. 좁은 복도는 생각보다 환했고, 한순간 열린 창문으로 불어온 선들바람이 이의 머리카락을 날렸다.

작은 세상

B고에서 이의 첫 담임 생활은 알콩달콩한 행복을 느끼게 했다. 고1 여학생들은 새내기 교사인 이의 미숙함을 헤아려주었다. 드세어 보이는 깻잎머리의 소녀도 몇몇 있었으며 시끄럽고 어수선하기로 말하면 이의 반이 가장 튀었으나, 참 다른 학생들이 서로의 다름에 대해 관심을 포기하지 않았고 누군가의 사소한 발언이나 사건에도 격렬하게 몰입하는 학생들이 많아 응집력이 있었다. 이는 50여 명의 에너지가 넘치는 열일곱 살 소녀들에 휩싸여 황홀한 안도감을 느꼈다. 물론 수업 시간 50분을 끌고 나가면서는 좌절했던 순간도 많았다. 발랄한 학생들 사이를 활강하기에는 자신의 기량이 한참 부족한 듯싶었다. 모둠활동을 하는 수업

시간에 일부 학생들은 매니큐어를 슬쩍 꺼내 바른다든지 수다만 떨다 엎어지는 경우도 있었다. 그런 날은 교실을 나서며 또 이의 고개가 어깨와 함께 오른쪽으로 한참 기울곤 했다. 그럴 때면 은정이가 어느샌가 이의 옆으로 달려와 수업 가방을 들어주었다.

"선생님, 3교시에 체육하고 배도 고프고 그래서 아이들이 수업에 집중을 잘 못했어요. 힘내시고요, 점심 맛있게 드세요!"

윤리 선생은 은정이에게 '못난이 인형'이란 별명을 붙여주었지만 이는 그애에게서 닥종이 인형들의 표정에서 볼 수 있는 순박함과 천연함을 떠올렸다. 반장을 처음 맡아 무척 떨린다던 은정이는 때론 푼수끼도 떨고 때론 눈시울도 붉히면서 반 학생들의 다양한 목소리에 귀를 기울였고 영락없는 '우리 반장'으로 학생들의 신뢰를 받았다.

스승의 날 전날인 토요일, 오전 수업을 마친 뒤였다. 은정이와 은주, 선희, 명숙이, 경선이가 교무실로 이를 찾아왔다. 반에서 제일 활달하고 파워풀한 체육 모둠원들이었다.

"선생님, 저희랑 함께 가요. 저희가 선생님 변신시켜드리기로 했어요."

이의 반 학생들이 스승의 날 선물로 이른바 '신데렐라 프로젝트'를 준비했다는데, 깻잎머리 소녀인 은주와 선희가 아이디어를 낸 모양이었다. 호박마차의 요정을 자처하는 소녀들이 온통 들떠서 말하는 통에 무슨 영문인지 다 확인하기도 전에 이는 그대로 떠밀려 교무실을 나섰다.

교생 실습을 할 때나 교사로 발령받은 초기에는 이도 정장 재킷에 H라인 스커트를 입고 힐을 신고 출근하기도 했다. 하지만 발목을 종종 삐끗하고 스타킹 올이 책걸상에 긁혀 수시로 나가다 보니 편안한 복장을 선호하게 되었다. 한번은 청바지를 입고 출근했다가 교감에게 '교사로서의 품위'를 갖춘 옷을 입으라는 훈시를 듣기도 했다. 무안했던 이가 선배 교사들과 모인 자리에서 그 이야기를 전했더니, 선배들은 화를 내면서 누가 먼저랄 것도 없이 한동안 청바지를 입고 다녔다. 그 뒤 이도 자연스레 청바지에 남방을 걸치고 다녔다.

하지만 학생들이 선망하는 건 그런 평상복이 아니었다. 취향이란 저마다 다른 것이어서, 이와 대학 동기였던 불어과 신 선생은 언제나 완벽한 메이크업에 흐트러짐 없는 정장을 제 몸에 꼭 맞게 소화해냈다.

"선생님도 신 선생님처럼 예쁘게 하고 다니시면 안 돼요?"

언젠가 반 학생들이 말했을 때도 뱁새가 어떻게 황새를 따라가느냐고 이는 웃어넘겼다. 대학 시절 과 선배도 말하지 않았던가. '서울내기 같은 서울 애가 있고 시골뜨기 같은 서울 애가 있는데 넌 후자'라고.

이의 손목을 쥔 채 버스와 지하철을 타고 명동 거리로 진출하는 소녀들의 발걸음은 결연하고도 경쾌했다. 북적거리는 인파를 헤치고 소녀들은 '명동 일번지'라는 간판이 붙은 의류 매장에 이를 데리고 들어섰다. 늦은 봄 오후의 공기는 나른한데 부풀려지고 파이고 여릿여릿 살갖이 비치는 옷들을 걸친 마네킹들이 늘씬한 포즈를 취하고 있었다. 소녀들은 마네킹들과 이를 견주어보더니 비로소 상황이 녹록지 않음을 확인하고는 가장 무난한 옷을 골랐다. 수차례의 연출 끝에 소녀들이 낙점한 옷은 아이보리색 슈트였다. 너풀거리는 나팔바지가 당시 트렌드를 인증했다. 다음으로 간 곳은 제화점. 그곳에서 이는 평생 신어본 힐 중에 가장 높은 힐을 신기었다.

스승이라는 말도 버거운데 이런 걸 다 선물로 받아야 하나 싶었지만, 이는 소녀들의 신나하는 얼굴에 찬물을 끼얹을 수는 없었다.

"얘들아, 배 많이 고프겠다. 우리 떡볶이 먹으러 가자."

이가 가까운 분식집으로 발걸음을 옮기려는데 은주가 말했다.

"아녜요, 선생님. 떡볶이는 저희끼리 먹을게요. 가실 데가 있어요."

"또 어딜!"

한번 올라탄 이상 소녀들의 호박마차는 함부로 내릴 수 없는 것이었다. 소녀들은 이를 데리고 '샤론미용실'에 들어섰다.

"우리 선생님 예쁘게 해주세요."

그리하여 꼬박 세 시간을 이는 미용실에 앉아 있게 되었고, 질끈 동여매었던 머리는 이가 한 번도 해보지 않은 최신 헤어스타일의 커트로 바뀌었다.

주말을 보내고 이는 반 학생들이 고대하는 무대에 섰다. 나팔바지가 한 바퀴 풍성한 원을 그리도록 이는 학생들 앞에서 뺑 돌아보이며 포즈를 취했고, 학생들은 환호성을 질렀다. 열쩍은 이가 10센티미터가 넘는 힐을 신고 휘청거리다 넘어진 건 당연한 수순이었다.

학생들이 적지 않은 돈을 갹출했으리란 것이 이에겐 큰 부담이었고, 자신이 인형처럼 다뤄지고 바라보이는 것도 영 어색하기만 했다. 하지만 이벤트로 단합하며 즐거워하는 학생들의 성원에 고마움을 표현하는 것이 그때 이가 할 수 있는 최선이었다. 비록 최신 유행 커트는 드라이에 익숙하지 않은 이에겐 여기저기 뻗쳐 어중간한 머리가 됐고, 길고 통이 넓은 나팔바지도 10센티미터가 넘는 구두에만 어울리니 자주 입지도 못했고, 하여 학생들은 이내 다시 평범한 재투성이 아가씨, 이의 모습에 익숙해져야 했지만.

이는 체육 모둠의 일기장을 빌려 이렇게 말을 건넸다.

화려한 드레스를 입고 무도회에 가지 않아도 괜찮아요. 멋진 왕자님을
만나지 못하면 또 어때요. 재투성이 부엌에서 한참 가라앉아 있을 때 어
깨를 두드리며 함께 길을 떠나보자는 이들의 나직한 목소리는 얼마나 정
다운지요.
"이곳이 당신의 모든 곳은 아니랍니다. 우리가 당신과 함께할게요."
누추한 일상에서 빛나는 마법을 함께 궁구하려던 소녀 요정들의 눈동자
를 떠올리면 선생님의 마음에 날개가 돋치는 듯합니다.
꿈꾸어봅니다. 이제 우리 다시, 세상의 외진 곳에 쓸쓸하고 고단히 남겨
진 재투성이들에게 손을 내밀면서, 우리의 신데렐라 이야기를 이어갈 수
있기를……

호박마차의 소녀들은 그 이후로 더 든든히 이의 우군이 되어
주었다. 이가 일상의 피로에 지쳐 있을 때, 실패일까 자꾸 기우뚱
거려지는 수업 속에서 헤맬 때, 소녀들은 누구보다 먼저 이의 표
정을 살피고 마음을 읽어주고 위로를 건네주었다.

이는 1학기 내내 전교조에서 엮고 돌베개출판사에서 펴낸
『학급경영』이라는 책을 바이블 삼아 모둠일기 쓰기, 모둠이 진행

하는 조종례하기, 월별 생일잔치, 모둠별 비빔밥 만들어 먹기 등을 펼쳤고, 학생들도 들썩들썩 즐거워했다. 와자지껄한 반 분위기는 종종 이의 힘이 달리게도 했지만 크고 작은 일들을 함께 헤쳐가는 즐거움이 이를 일으켜세웠다. 기말고사 후에는 한강변으로 단합대회도 하러 갔다. 강바람을 맞으며 모둠별로 둘러앉아 짜장면을 시켜 먹고, 수건돌리기, 369게임 같은 원초적인 게임들을 한참 이어간 후에 둘씩 셋씩 짝지어 걷거나 잔디밭에 누워서 강변의 정취를 만끽했다.

그렇게 흥성이는 이의 반 분위기가 수업 시간엔 다소 산만해진다는 것이 교사들의 평이기도 했다. 2학기 초에는 미술교사가 학생들에게 "너희 반에 사탄의 기운이 감도는 것 같다."라는 말까지 해서 학생들을 격앙시켰다. 이의 반을 예쁘게 봐주던 영어교사조차 이에게 조언을 건넸다.

"자기네 반 아이들은 자꾸 '왜요?', '왜 그렇게 해야 해요?' 하고 묻거든. 자기야 아이들 가까이에서 얘기를 들어주고 의논하고 수용도 해주지만 일주일에 한두 번 들어오는 선생님들이 매번 그런 반응을 대하게 되면 언짢을 수도 있지. 교사가 학생들과 어느 정도 거리를 두고 아닌 건 아니라고 확실하게 말할 필요도 있어."

이 자신이 느끼기에도 학생들 각각의 목소리는 키워지는데 경청하고 수렴하는 면은 조금 아쉬운 것이 사실이었다. 이는 학생들에게 분위기를 일신해보자며 학급 고사를 제안했다가 거센 반발에 부딪혔다. 이의 반에는 교회에 다니는 학생들이 많았는데 고사가 미신이라며 반대했던 것이다. 이는 자신이 가톨릭 신자임을 내세우며 고사는 민간신앙에서 전래해온 형식일 뿐 각자의 신에게 기도를 드리는 자리라고 학생들을 가까스로 설득했다. 그리하여 주현이가 칠판에 그럴듯하게 그려놓은 돼지머리 아래에 음료수며 빵이며 과일 들을 쌓아놓고 이가 제문을 읽었다.

유세차 일천구백구십사 년 시월 십이 일,
태풍이 비껴가고 하늘 푸르게 깊어가는 가을날에
산자락에 자리 잡은 B고교, 그중에서도 남학생, 여학생 반을 잇는 오작교 맞은편 명당에 모여 앉은 50명의 바람을 신령님께 아룁니다.
고등학교에 들어올 때는 꿈도 많았건만 어느새 저희들의 얼굴은 시험에 지치고, 친구들과의 관계, 선생님들과의 관계에 상처 입고, 어깨 또한 처져 있사옵니다.
그동안 성적이 우수하거나 모범생 반은 아니었지만, 저희 모두는 씩씩하고 활기찬 반, 단 한 사람이라도 더 마음을 주고받을 수 있는 반이 되길 바랐사옵니다. 그러나 친구들의 마음속 깊이 흐르는 눈물을 정성으로 닦아줄 수 없는 때도 많았습니다. 이제 얼마 남지 않은 1학년이 다 끝나기 전에 못다 이룬 꿈과 못다 나눈 정을 이루고 나눌 수 있도록 신령님께 아립니다.

다른 사람을 돌아보기보다는 자기만 알아서 하면 된다는 이기주의 귀신, 무조건 살아남고 보아야 한다는 경쟁 제일주의 귀신, 몸과 마음을 해치는 병마 귀신 썩 물러가게 하옵시며, 아픈 친구를 위해 짐 하나 덜어줄 수 있는 마음 착한 귀신, 때 묻은 교실 바닥이지만 한 번 더 깨끗이 청소하고 아낄 줄 아는 봉사 희생 귀신, 입시에 억눌린 마음 덜어내고 이웃과 사회에 대하여 관심을 갖고 자기의 가치관을 세울 줄 아는 정의로운 귀신, 지식 하나보다 살아가는 태도를 올바로 배울 줄 아는 인간적 귀신이 이 자리에 임하시어 지치고 찌든 표정 싹 거두어주시고, 부디 우리 반 모든 학생이 자신의 길을 찾아 끝까지 열심히 걸어가게 해주시기를 비옵나이다. 상향.

학생들도 저마다의 신에게 자신의 소망을 희구했다.

- 제가 알고 있거나 알고 있었던 모든 사람이 건강하게 잘살 수 있도록 해주세요.
- 잡념 없이 수업 시간에 열중하게 해주세요.
- 내 꿈이 이루어지고, 내 친구 꿈이 이루어지고, 둘이 멀어지는 일 없이 언제나 친하게…… 건강하고 힘차게…….
- 공부 잘하는 반보다 친구들을 이해해주는 반이 되었으면 좋겠어요. 또

앞으로 선생님께서 얼마나 많은 반의 담임으로 계실지 모르지만, 선생님의 평생에 영원히 잊히지 않는 반이 되었으면 좋겠어요.

- 하느님, 우리 반 애들 모두 키 많이 크고, 살 빠지고, 예뻐지고, 공부 잘해서 우리 반이 1학년에서 제일 잘나가는 반이 되게 해주시고, 싸우지 않고 잘 지내게 해주세요. 예수님 이름으로 기도합니다. 아멘.
- 우리 강아지가 새끼를 세 마리 이상 낳게 해주세요. 우리 가족 행복하게…….
- 기말고사 때는 성적이 오르고 ○○와 썸싱이 있기를 바라며 살도 쫙쫙 빠지며 돈도 많이 들어오도록…….
- 우리 모두 건강하고 마지막까지 즐거운 반이 되자.
- 성적이 떨어져도 슬퍼하지 않고 항상 밝은 웃음을 간직하자.

기원을 마친 뒤에는 다 함께 손잡고 반가를 불렀다.

함께 나누는 기쁨과 슬픔
함께 느끼는 희망과 공포
이제야 비로소 우리는 알았네
작고 작은 이 세상
산이 높고 험해도
바다 넓고 깊어도

우리 사는 이 세상

아주 작고 작은 곳

험한 길 가는 두려운 마음

둘이 걸으면 기쁨이 넘쳐

이제야 비로소 우리는 알았네

작고 작은 이 세상

산이 높고 험해도

바다 넓고 깊어도

우리 사는 이 세상

아주 작고 작은 곳

이의 동료 선후배 교사들은 제사상 위에 학급 발전 후원금을
희사하며 한마디씩 덕담을 보냈고, 그것은 수업 시간의 핀잔에
기죽어 있던 이의 반 학생들의 어깨를 다시 펴게 했다.

2학기 후반에 이가 진로에 대해 물었을 때 은정이가 회계사
로 꿈을 바꿨다고 한 건 이에게 서글픈 충격이었다.

"저도 선생님이 되고 싶었는데…… 선생님이 그렇게 애쓰시
는 걸 보니…… 아무래도 그 꿈은 포기하게 되었어요."

은정이는 이의 원피스 어깨끈이 뒤집혀 있는 걸 바로잡아주면서 의젓하게 말했다. 자신이 '반면교사'가 되다니, 은정이가 한 말의 행간을 헤아리며 잠시 이는 가슴이 휑했다. 그래도 모지락스럽지도 야물지도 못한 자신에 대한 책망을 내려놓으며, 매일 일곱 모둠의 모둠일기를 꼼꼼히 읽고 학생들의 글에 생각을 덧달았다.

아직 아날로그가 친숙하고, 학생들이 예쁜 편지지를 골라 정성껏 쓴 편지를 건네오던 시절이었다. 한 모둠을 이루다보면 그닥 친하지 않은 친구들도 섞이련만 그럼에도 학생들은 일기를 통해 고민을 토로하며 서로를 토닥였고 이에게 의견을 구했다. 학생들이 주고받는 마음에 자신을 담그며 이는 하루의 피로를 씻어내렸다.

책가방을 챙기다가 일기장을 발견했다. 우리 조원들의 일기를 읽으니 처음에는 안 그랬는데 요즘 일기는 모두 걱정으로 이루어진 기분이 들었다. 그 이유 중에는 '공부'도 있고 '개인적인 문제'도 있고…… 다들 나보다 무거운 짐을 지고 힘겹게 한 발 한 발 나아가고 있는 것 같다.

솔직히 난 공부 걱정도 그 외의 걱정도 요즘은 그리 심각하지 않다. 한 가지 걱정이라면 한의원에서 저혈압이라며 약을 지어줬는데 매일 쓰고 맛없는 약을 먹어야 한다는 것. 깜짝깜짝 놀라지 말라고 했는데, 지금 누군가가 날 무지 놀라게 해줬으면 좋겠다. 깜짝 놀라고 나면 기분이 유쾌해 질 것 같다.

아! 한 가지 생각이 떠올랐다. 걱정이 많은 우리 조원 하나하나를 뒤에서 "王!" 하고 깜짝 놀라게 해주는 것이다. 그럼 모두 놀라서 각자의 고민 을 잠시나마 잊을 수 있을 텐데……. 그럼 모두 입을 벌리고 아무런 수심 없는 웃음을 지을 수 있을 텐데……. 힘이 되고 싶다. 모두에게.

그들의 짐을 몽땅은 못 덜어도 반 뚝 잘라 내 등에 얹고 싶다. 내 등은 지 금 너무나 가벼우니까. 지금은 내가 모두의 짐을 나눠 지고 내가 힘들 땐 모두 내 짐을 조금씩만 덜어주고 그럼 조금 더 행복해질 수 있을 텐데.

그래, 결심했어! 난 지금부터 리어카를 만들 것이다. 그래서 모두의 짐을 이 리어카에 싣고 함께 앞에서 끌고 뒤에서 밀고 흐르는 땀은 서로 닦아 주고 그러다 높은 언덕이 나오면 서로를 밟고 오르려 하지 말고 손 내밀 어 서로 올려주고.

생각만 해도 흐뭇하다. 이제 요즘 내 마음에 꼭 들어오는 노래 가사 한 소절만 적고 일기를 끝내야겠다. 그럼 모두 좋은 밤 좋은 꿈 꾸길……. '난 알고 있어 / 이런 고통의 시간들이 내게 기쁨이 될 것을 // 허전한 마음, 힘들어하는 표정, 네 많은 한숨들 속에서 / 넌 생각해봤니, 얼마나 네가 너에게 최선을 다했는지를 / 미안하잖니, 그동안 흘린 수많은 눈물과 한 숨들에게도 / 자, 용기를 내봐, 까짓 이런 봉우리쯤은 하나도 문제가 되질 않아 / 나 자신을 만들어가기에 // ……이 어둠이 힘들어도 가야만 하는

작은 세상

41

길이라면 난 갈 거야/내 꿈들과 조그만 미소를 지으며…….'[2]

1994. ○. ○. 수. 늦은 11시 57분 정민

학년 말, 작문 수업 시간에 이는 정호승의 시 「슬픔이 기쁨에게」를 가르치면서, 학생들에게 묻고 써보게 했다. 살아오면서 어떤 '슬픔' 혹은 '기쁨'의 얼굴들을 보았는지, 누구에게 '슬픔의 평등한 얼굴'을 보여주고 싶은지.

자신의 바깥으로 시선을 돌리는 일, 그 시선에 깊이를 더하는 일, 그리고 그 시선을 다시 제 안으로 끌어와 스스로를 움직이는 일. 학생들의 삶과 글은 그 온기를 그대로 싣고 있었다. 이는 몇몇 학생들의 글을 낭독해주었다.

◎ 지하상가에서

엄마와 함께 A시에 갔다가 지하상가에서 카세트테이프도 사고 백화점에 가서 여러 가지 물건들도 샀다. 집에 가는 버스를 타려고 지하상가 계단으로 올라가는데 계단 중간에 한 아주머니가 손에 작은 바구니를 들고 앉아 계셨다. 그 아주머니 옆에는 네다섯 살 정도의 남자아이가 앉아서 놀고 있었다. 두 사람 모두 옷이며 얼굴과 손등이 지저분했다. 사람들

2 — 신성우, 〈기쁨이 될 것을〉(1994년 발표) 중에서.

모두 계단을 오르거나 내려가면서 이 모자가 있는 곳을 피해갔다. 옴(Ω) 자를 90도 회전시킨 모양(ᘯ)처럼 사람들이 다녔다. 엄마도 그들을 한 번 보시곤 그냥 지나쳤다.

난 이 두 사람이 낯설지 않았다. 전에도 가끔 A시에 오면 볼 수 있었으니까. 난 동전을 별로 가지고 다니진 않지만 이들에겐 항상 내가 가진 동전을 다 털어주었다. 그래봐야 500원 정도니까 얼마 되진 않는다. 이날도 내가 주머니에서 동전을 찾느라고 멈추었는데 엄마가 날 보셨다. 그러더니 아무 말 없이 1000원짜리를 꺼내주셔서 난 아주머니가 들고 계신 바구니, 100원짜리 10원짜리 몇 개가 보이는 그 바구니에 1000원을 넣고 왔다. 엄마에겐 무척 고마웠지만 고맙다는 말을 하기가 부끄러워서 아무 말 하지 않았다. 뒤를 한 번 돌아보았는데 여전히 사람들은 그 모자를 피해갔다.

유승원

◎ 도시의 청소부

추운 겨울 주번이 되어서 학교에 일찍 가게 되었다. 교복 위에 코트를 입고 장갑을 끼고 웅크린 채 버스를 기다리는데 청소부 아저씨가 주황색 안전복을 입고 차도를 쓸고 계셨다. 그런데 차에 치인 비둘기가 있었다. 뭉크러질 대로 다 뭉크러져서 형태도 알아볼 수 없는 비둘기를 조심스럽게 쓸고 계셨다. 난 좀 무서운 마음에 한 걸음 뒤로 물러섰다. 그때 휙 지나가는 흰색 차의 열린 창에서 담배꽁초가 청소를 하고 있는 아저씨에게로 날아갔다. 아저씨는 그 담배꽁초도 조심스럽게 쓸어 담으셨다. 학교 가는 도중 계속 죽은 비둘기와 담배꽁초와 아저씨가 떠올랐다. 아저씨의 심정이 어땠을까 하는 생각이 내 마음속에 계속 맴돌았다.

강은숙

● 늙은 노인과 운전사 아저씨

한 일주일 전인 것 같다. 책을 사려고 가다가 50미터 도로 부근 신호등에 서 있었다. 고물장수 할아버지가 무거워 보이는 리어카를 끌고 내 곁으로 오셨다. 위쪽에는 종이박스와 밑에는 쇳덩어리들이 가득 있었다. 얼핏 보니 연세는 한 일흔쯤 되어 보였다. 일흔쯤이면 자식에 손자도 몇 있을 텐데, 저 할아버지는 거기서 그 무거운 리어카를 끌고 계시는 것이다. 파란 불이 켜져 나는 총총걸음으로 횡단보도를 걸어갔다. 좀 있으니 클랙슨이 울리고 내 뒤에서 짜증스러운 목소리가 들렸다. 뒤돌아보니 트럭 운전사, 버스 운전사 아저씨 들이 아주 천천히 리어카를 끌며 지나가는 할아버지에게 따가운 시선을 보내고 있었다. 힘겨워 보이는 할아버지의 모습. 난 화가 났다. 거기 그렇게 우두커니 서 있는 내가.

난 할아버지가 있는 쪽으로 걸어가며, 그 운전사 아저씨를 정면으로 째려봤다. 겁이 없어서 그런지 그 아저씨 욕설은 하나도 무섭지 않았다. 난 내 그 따가운 눈빛으로 알려주고 싶었다. '당신도 언젠가는 당할 거야.'라고. 나는 할아버지의 리어카로 다가가 뒤에서 밀어드렸다. 할아버지는 뒤돌아보며 서글픈 눈빛을 나에게 보이셨다. 말할 수 없는 안타까움이 밀려왔다.

횡단보도를 건넌 후 나는 쑥스러워 인사도 하지 않은 채 다른 길로 건너 서점으로 향했다. 건너편 할아버지는 나의 뒷모습을 좇고 계셨다. 나는 속으로 할아버지께 말했다. '힘내세요. 그리고 죄송해요.'

노인이 살기 위해 무거운 리어카를 끌고 가고 있을 때 빨리 비키지 않는다 하여 경멸의 눈초리를 보내는 아저씨들에게 난 슬픔의 평등한 얼굴을 보여주고 싶다.

정소아

시선을 공유하는 것이야말로 배움의 밀도와 심도를 더하는 것.

이는 생각했다. 제 마음의 온도가 1도라도 더 올라갈 수 있었다면 그건 학생들과의 작은 세상에서 어떤 시선들을 공유하며 함께 배워온 시간들 덕분이리라고. 이는 반 학생들 한 명 한 명의 온기 어린 시선을 마음 깊이 담았다. 바람 시린 거리도 마냥 춥지만은 않을 것 같았다.

하지 않겠습니다

벌떡 교사 이 선생

B고로 발령받고 이가 맨 처음 맡았던 일은 상담부 장학계였다. 상담부 교무실은 3층 우측 구석의 볕 잘 드는 별실이었다. 그곳에서 이는 정년을 몇 년 앞둔 부장 김정식 선생, 진로 지도를 맡은 50대 초반의 안기현 선생, 기획 업무를 맡은 40대 초반의 박영희 선생과 함께 근무하게 되었다. 김 부장은 무난한 상급자로 보였고, 안 선생은 몸에 밴 겸손과 친절이 남다른 사람 같았으며, 박 선생은 무언가 독특한 카리스마를 느끼게 했다.

박영희 선생은 대학 20년 선배라면서 이를 환영했다. 비혼이었던 박 선생은 긴 파마머리를 어깨 아래까지 늘어뜨리고 히피

풍 치마를 자주 입곤 했다. 무엇보다 개성적인 건 까만 아이라인을 풍성하게 그린 눈매였다. 박 선생은 틈틈이 소설을 쓰며, 가끔 사보 같은 데도 기고한다고 했다. 그는 이에게 『데미안』 다시 읽기를 조언했다. 단순하고 미성숙한 세계는 이제 그만 뛰어넘으라면서. 조언을 진지하게 받아들인 이는 오랜만에 책을 찾아 읽고는 에바 부인의 방을 떠올리며 그의 집에 가보았다. 무릎을 넘는 키의 검은 고양이가 고풍스러운 서재며 단출한 식탁을 어슬렁거리자 이는 또 겁 많은 어린아이처럼 쩔쩔매었다.

그즈음 이는 학생들의 작문을 읽고 개인별로 감상을 달아주느라 평일 저녁 늦게는 물론 토요일 오후에도 학교에 남아 있었다. 일요일에도 나가 일하던 이를 보고 박 선생이 말했다.

"자기야, 열심히 하려는 건 알겠는데, 그렇게 하면 오래 못 해. 1, 2년 하다 그만둘 것도 아닌데 자신을 소진시키지 않아야 학생들에게도 더 잘할 수 있어."

이는 다시 그의 조언에 따라 개인별 감상 대신 짧은 시구를 똑같이 학생들의 글 아래 적어주었다.

2학년 작문과 문학 두 과목을 가르쳐야 하는 터라 이는 마음이 바빴다. 그러나 교사용 지도서며 참고서며 교과 모임 자료들을 분석하려 해도 상담부 교무실에선 좀처럼 몰입할 수 없었다. 이는 그곳에서 '벌떡 교사'가 되었던 것이다. 그 교무실 한쪽의

원탁 위에는 커피며 녹차가 놓여 있었는데, 김 부장은 친구 격인 원로 교사들이 오면 이를 향해 15도쯤 몸을 돌리며 말했다.

"차나 한잔 하시죠."

이는 벌떡 일어나 차를 탔다. 박 선생은 이에게 약간은 연민 섞인 시선을 던지면서도 어쩌면 달갑지 않은 잡무를 덜게 된 다행스러움 탓인지 먼저 일어나 원탁을 향하는 이를 말리지 않았다. 커피 두 스푼, 크림 두 스푼, 설탕 한 스푼. 아직 믹스커피가 상용화되기 전이라 번거로움이 더했지만 차츰 방문객들에 익숙해지다보니 이는 누가 설탕을 덜 넣는지 크림을 덜 넣는지 대충 어림할 수 있었다. 박 선생은 잎 녹차를 즐겼는데 이는 거르고 닦는 일이 번거로워서 그냥 맥심 커피 몇 알을 뜨거운 물에 떨어뜨려 먹는 쪽을 택했다. 대학 시절 100원 하던 자판기 커피가 아쉬웠다. 김 부장의 손님들이 수업 빈 시간 내내 한담을 주고받고 일어서면 다음 수업 시간 종이 치기 전에 이는 그 찻잔들을 씻어 말려야 했다. 그럴 때면 박 선생도 손을 걷었다.

B고에는 젊은 교사들이 많았으며 비합법 시절이지만 전교조 분회가 열심히 활동하고 있었다. 교사들은 교단 일기를 돌아가며 썼고, 시 쓰는 체육교사 김병욱 선생이 중심이 되어 교사 문집도 발간했다. 채희진 선생은 이가 무척 좋아하게 된 선배였다. 훤

칠한 미인이었고 언제나 머리를 짧게 커트하고 다녔다. 그는 전교조 신문을 상담부에 들고 와서는 이의 책상에 당당히 올려놓았다. 아침에 집을 나서며 집어오던 『한겨레신문』의 제호가 눈에 띌까, 이로서는 조바심하며 책상 구석에 신문을 엎어놓던 즈음이었다.

"이 선생, 이따 저녁 먹기로 한 거 알지? 내가 인터폰하면 내려와. 같이 가자."

이는 괜스레 주변 눈치를 보며 그러마 대답했다.

이보다 네 살 연상인 채 선생에게는 벌써 네 살 된 딸아이가 있었다. 분홍색 옷도 절대 안 사 입힌다던 그는 아이가 어린이집을 간 뒤 자꾸 치마를 입혀 달래서 곤혹스럽다고 했다. 그는 남편과의 가사노동 분담에 철저했다. 저녁 늦게까지 B고 모임이 진행될 때면 남편이 아이를 데리고 함께 자리하곤 했다.

이는 채 선생에게 차 대접하는 일의 부담감을 털어놓았다.

"자기도 참……. 누가 명확히 시키는 것도 아닌데 먼저 알아서 하는 게 문제지."

"꼭 말로 안 해도 절 쳐다보는 눈들이 있는데요."

채 선생은 날씬한 콧날과 미간 사이에 주름을 잡으며 열을 올린 채 박 선생에게까지 화살을 돌릴 기세였다.

"차는 마시고 싶은 사람이 타 마시자고 왜 말도 못 해!"

마땅한 말이었다. 이 스스로 기꺼이 차를 대접한 적도 있지만 수업 준비로 바쁜 와중에도 벌떡벌떡 일어서다보니 자꾸 벌떡 화가 나는 것이었다.

카페의 칸막이 안에서 세미나를 하고 장미꽃 만발한 광장에서 구호를 외치고 과 사무실 앞에서 대자보를 읽고 쓰는 것은 얼마나 평이한 일상이었나. 하지만 상담부 교무실에서 이는 '아니요, 하고 싶지 않습니다.I would prefer not to.[3]'라는 대사를 결코 읊을 수 없는 인간, 모순에 찬 사회라고 해석했던 그 사회 안에 말없이 적응하고 싶은 애송이에 지나지 않았다.

이는 이듬해 상담부 교무실을 나왔다. 당시 비교적 한산한 부서였던 상담부 업무를 원하는 교사도 많았을뿐더러 이도 이제 담임을 맡은 이상 학년부가 있는 중앙 교무실 근무가 자연스러웠던 것이다. 하지만 중앙 교무실에 가서도 이는 여전히 벌떡 교사가 되었다. 초짜인 이의 자리는 교감의 코앞이자 교무실무사의 옆자리였고 이의 바로 뒤쪽엔 중앙 탁자가 있었다. 거기 놓인 전화벨이 울릴 때마다 이는 또 벌떡 일어서곤 했다. 전화기라곤 중앙 교무실에 두 대, 각 별실별로 한 대뿐이었다. 전화가 오면 직접 교사들을 불러 알리든지 건너편 전화나 별실 전화로 연결해

---

3 — 허먼 멜빌, 「필경사 바틀비」(1853년 작)에서 바틀비가 하는 말.

야 하는데, 그런 수고로움이야 중앙 탁자 바로 앞에 앉은 교감이 감수할 게 아니었다. 교무실무사는 이 부서 저 부서를 돌며 각종 업무를 해야 했다. 그러다보니 이가 자주 전화를 받게 되었고, 그럴 때면 업무의 흐름이 끊기곤 했다.

그렇게 이가 자리에서 일어날 때면 이따금 교무실 저편 구석의 이병현 선생이 보였다. 그는 틈날 때마다 교무실 이곳저곳을 대걸레질했다. 한번은 이가 닦겠다며 다가갔는데 그는 자신의 일이라며 되레 화를 내곤 묵묵히 걸레를 밀었다. 그런 그는 또 교무회의에서 학교장의 독단적인 의사 결정에 '아니요'라며 일어서곤 하는 교사이기도 했다. 말투는 나긋하고 느릿했으나 명징한 그의 목소리에는 힘이 있었다. 나는 언제쯤 '하지 않겠다' 말하며 기꺼이 하고 싶은 일에 몰두할 수 있을까, 이는 표연히 교무실 모퉁이를 떠나는 이병현 선생의 뒷모습을 바라보며 질문해보았다.

보충수업 분투기, 하나

1994년의 여름은 무척이나 뜨거웠다. 이는 방학을 앞두고 보충수업 신청서를 학생들에게 배부했다. 신청서에는 '참여 희망'과 '불참 희망'란이 구별되어 있었으나 기실 참여가 강제되었다.

불참란에 ○표를 해온 학생들에겐 담임들의 집요한 설득이 이어져 결국 특별한 상황이나 개인 일정이 없는 한 학생들은 오전 7시 30분부터 오후 1시 40분까지 2주간의 보충수업에 참여해야 했다.

이가 학교에서 가장 불합리하다고 느낀 일이 '보충'수업과 '자율'학습이었다. 이런 일들은 누군가 시작하면 반드시 따라 하는 이들이 생기게 되고 일단 굴러가면 멈출 수 없는 그런 종류의 것이었다. 성과나 결과보다는 그 일에 몸담는 것, 그 일을 굴리는 것이 중요했다. 방학이 아닌 평상시에는 0교시와 7, 8교시 보충수업이 행해졌다. 주로 국영수사과 '입시 과목'이 시간표를 채웠기에, 국어교사인 이는 그 일을 피해갈 수 없었다. 주당 수업 시수가 부장교사들의 경우 16시간 전후인 데 반해 신규 교사였던 이는 24시간이어서 0, 1, 2, 3, 5, 6, 7교시까지 7시간 수업을 해야 하는 금요일에는 아침에 학교 가는 일마저 버거운 느낌이 들었다.

그렇게 수업을 하고 자율학습 감독까지 밤 9시를 넘겨 퇴근한 다음 날 아침에는 겨우 일어나 아슬아슬 버스를 잡아타고 속으로 노래를 불러댔다. '달려라 달려, 로보트야! 날아라 날아, 태권브이!' 환승할 정류장에 도착하면 한참 만에 오는 버스를 기다리다 못해 택시를 타고 학교 앞에 내려서 교무실까지 비탈길을 뛰어올랐다.

이의 손에 들린 건 다시 하이라이트 문제집. 오지선다 문제를 서너 페이지 풀다보면 0교시가 끝나는 종이 울렸다. 그나마 1교시가 없는 날은 잠시 눈을 붙이거나 차라도 마실 수 있었으나 0, 1, 2교시가 연속되는 날은 바짝바짝 타는 목으로 오전을 보내야 했다. 그로 인해 이는 수시로 이비인후과 신세를 졌다.

명분은 세워져 있었다. '우리 학교는 서울 변두리의 낙후한 지역에 있다. 우리 학교 학생들이 얼마나 순수하고 이쁜가. 학부모들은 어려운 형편에도 온 힘을 다해 자녀들에게 헌신하고 있다. 교사들이 사명감을 가져야 한다. 사교육에 의존하게 하는 대신 학생들이 한 문제라도 더 맞혀 진학할 수 있도록 실력 있는 우리 교사들이 직접 교육해야 한다. 학교 교실을 열어 사설 독서실보다 저렴한 비용으로 익숙하고 편안한 환경에서 자습할 수 있도록 지원해주어야 한다.'

인문계 고등학교 교사라면 외면하기 힘든 현실이기도 했다. 그러나 날이 갈수록 이는 환멸에 가까운 감정을 느꼈다. 보충수업을 원하지 않는 학생들이 딱딱한 의자에 앉아 버티다 못해 쓰러져 자곤 했다. 교장은 물론 담임에게까지 관리수당이라는 명목의 돈이 쥐어지고, 출판사의 로비 속에 부교재 채택비가 교사들에게 건네졌다. 공교육의 현장인 학교에서 이루어지는 보충수업과 자율학습에 학생들이 수익자 부담이라는 명목으로 가욋돈을 내고, 그 돈이 교사들의 주요 부수입원이 되었다. 월급은 그대로 집에 가져다주고 보충수업 수당을 받은 봉투는 별도로 챙겨서 각자의 긴요에 따라 썼다. 전교조 교사들도 보충수업 수당을 받은 날이면 서로 먼저 비용을 내겠다며 푸짐한 만찬을 즐기곤 했다.

여름방학 보충수업은 의연히 진행되었다. 성실한 학생들은 일찍 등교하여 교사들과 눈 맞추며 착실히 문제집을 풀었다. 그러나 2, 3교시로 갈수록 집중도가 떨어졌다. 아침도 못 먹고 오는 학생들을 배려해서 3, 4교시 사이에 20분 쉬는 시간이 주어졌는데, 간식을 준비해오는 학생들은 소수였고 학교 앞 분식집으로 달려나가는 경우가 많았다. 학생들이 떡볶이 국물이 묻은 입술을 훔치며 종 친 뒤에라도 들어오면 그나마 다행이었다. 교실 앞뒤 두 대의 선풍기에서 나오는 더운 바람을 맞으며 식곤증으로 꾸벅꾸벅 조는 학생들도 대견했다. 점차 3교시 쉬는 시간에 학교 밖으로 나갔다가 담임 눈치를 보아 종례즈음에 들어오는 학생들이 늘었다. 제시간에 맞춰 등교하는 학생들의 수도 점점 줄었다. 학년부장에게서 학생들을 독려해달라는 업무 협조 요청이 왔다. 이는 아침마다 출석부에 × 표시를 헤아리고 수업이 빈 시간마다 학생들의 집에 전화를 걸었다.

"윤희야, 선생님이야. 피곤해서 1교시 못 왔구나. 2교시 얼마 후면 시작인데 우리, 같이 하자. 더운데도 나와서 열심히 공부하는 친구들도 많아."

윤희는 하품을 하며 졸음이 덜 깬 목소리로 답했다.

"아…… 선생님, 조금 있다 갈게요. 죄송해요……."

"미선아, 어제도 못 왔는데 오늘은 와야지. 어디 몸이 아프니?"

"아니에요. 저 정말 하기 싫어서요. 제가 왜 앉아 있어야 하는지 모르겠어요. 어차피 대학 갈 애들은 정해져 있잖아요."

"아직 1학년 1학기밖에 지나지 않았잖니. 조금 더 노력하면 진학하는 데 선택의 폭을 더 넓힐 수 있어."

안타깝게 건네면서도 이 스스로도 자신이 없는 말이었다. 어쩌다 학부모와 통화가 되면 이는 또 한숨 섞인 탄식을 한참 들어야 했다.

"선생님, 죄송해요. 근데 우리 애가 보충수업 나가서 공부는 제대로 하나요? 집에서도 계속 TV만 보거나 늘어져 누워 있고 연필 잡는 꼴을 못 봤어요. 초등학교 때까지는 그럭저럭 공부하는 줄 알았는데 중학교 이후론 하위권이니……. 잔소리하는 것도 지치네요. 선생님들이 이 더위에 고생해주시는 게 얼마나 고마운 일인지도 모르고…… 아침마다 전쟁이에요. 며칠 안 남았으니 제가 달래서 보낼게요."

이는 자괴감이 들었다. 그 학생과 학부모에게 학교가 불어넣으려는 희망이란 게 실체가 있을까. 그것은 학생이 감내해야 할 땀만큼의 가치가 있을까.

담임이 얼마나 쪼느냐에 따라 차이는 있었지만 일주일 만에 교실이 절반 정도 비었다. 열강으로 유명한 수학과 이형준 선생은 수업 후 온통 젖은 셔츠를 말리며 교무실 선풍기 앞에서 얼음물을 들이켜곤 했다. 추위에 약한 대신 웬만한 더위쯤은 수월히 견디던 이도 땀에 젖은 손수건을 거푸 짜면서 수업을 한 뒤 책상 위로 쓰러져 눈을 붙였다.

그런데 더위 때문에 사달이 났다. 어느 날 갑자기 1학년 10반에 스탠드형 에어컨이 설치된 것이다. 학생이든 교사든 극도의 더위 속에 땀범벅이 되어 하는 수업이, 누군가에겐 너무도 손쉽게 해결할 수 있는, 어쩌면 한심한 광경이었던 것이다. 문제는 그 시원한 바람을 전교에서 딱 그 교실에서만 맛볼 수 있다는 것이었다. 그 반에는 학교운영위원장의 딸이 있었다. 위원장은 그 지역에서 꽤 유명한 음식점을 운영하고 있었는데 학교의 공식 회식 다수가 그곳에서 이루어졌다. 위원장의 딸 선희는 성적이 상위권은 아니었지만 성실하고 곰살가운 학생이었다. 아버지가 학교 일에 관여하는 것이 그애의 학교생활에 도움이 될지 일부 교사들은 오히려 우려스러워했다. 조회하러 교실로 가던 이는 그 반 앞에 몰려 있는 학생들을 보고 무슨 일인가 들여다보았다.

"에어컨을 꺼라. 다른 반 아이들은 선풍기 두 대로 버티고 있다. 전기요금도 학교의 공공예산으로 충당하는 거야."

벌써 교실에 올라가 있던 송화연 선생이 학생들에게 말했다.

"이렇게 더운걸요."

그렇게 말하며 입술을 씰룩이며 반감을 표하는 학생들이 있는가 하면 선희에게 차가운 시선을 보내는 학생들도 있었다. 송화연 선생은 전원 플러그를 뽑았다.

교사들의 회의가 열렸다. 송화연 선생은 몹시 화가 나 있었다. 학교운영위원장은 시시콜콜한 문제도 곧장 교장실로 달려가 제기하곤 했는데 에어컨에 대해서도 담임과는 전혀 상의를 거치지 않았다. 때아닌 논쟁이 이어졌다. 방식이야 마음에 들지 않지만 그 학부모도 학생들과 교사들을 위해 애쓴 것 아니냐. 이번 기회에 교육환경에 대해 문제 제기를 해야 한다. 이 더위에 선풍기 두 대가 말이 되느냐. 학교 예산으로 에어컨 설치와 가동이 불가한 상황에서 한 반만의 특혜는 인정되어서는 안 된다. 내 새끼만 시원하고 남의 새끼들 쓰러져도 몰라라 하는 게 학교운영위원장의 역할인가.

송화연 선생은 학교운영위원장에게 전화를 걸었던 얘기를 했다. 아버님의 선의는 충분히 이해하지만 교육자로서 이런 일을 학생들 앞에서 용인할 수는 없다, 당장 철거해달라. 야물게 의사를 전했음에도 이미 설치한 에어컨 철거가 쉽지는 않은 모양이었다. 단단한 송 선생은 자신의 반에서 에어컨 전원이 켜지는 일이 없도록 학생들과 자신을 단속했다.

소문은 빨라서 다른 반 학부모들도 열불을 냈다. 경제적으로 넉넉지 않은 지역이었지만, 학부모들이 회비라도 십시일반 걷어서 에어컨을 전체 반에 설치하겠다고 나섰다. 특히 3학년 학부모들이 적극적이었고 3학년 담임들 중에는 긍정적인 반응을 보이는 교사도 있었다. 개인이 아니라 학부모회를 통해 설치하는 것조차 막을 필요가 있겠는가. 폭염에 자율학습까지 하는 3학년 학생들의 어려움을 덜어주자는 데 따지고 들 게 무언가. 찬성하는 의견이 늘수록 반대 의견도 완강해졌다. 학부모회가 자치 조직으로서의 제 기능을 하지 못하는 판국에 학교에 금품을 후원하는 기관으로 활용되는 것이 바람직한 일인가. 학부모 총회에서 마지못해 가입했던 학부모들도 있는데다가 학부모회 회원들이 경제적으로 여유가 있는 것도 아니지 않은가.

이는 자신의 과거까지 소환했다. 소풍날, 엄마가 새벽부터 일어나 담임 선생님을 위해 샌드위치며 김밥을 준비했다. 보따리 행상까지 하며 어렵게 생계를 꾸리던 엄마가 이더러 '선생님께

드릴 음료랑 과일이랑 통닭 같은 건 학급의 부장들과 분담해라.'
라고 조언해서 그대로 했다가 이는 친구들로부터 원망을 들었다.
'다른 반 반장은 다 알아서 해오는데 왜 우리 반만 이렇게 해야
해?' 이는 이듬해 반장 선거에 나서지 않았다. 헌신과 봉사가 권
력과 위계의 밑밥이 된다는 걸 어렴풋이 느꼈다.

"……교사가 된 후에도 학생들에게서 '엄마가 바쁘다고 저
회장하면 안 된대요.'라는 말을 들을 때마다 가슴 한쪽이 아리더
라구요."

토론 말미에 이가 말했다. 아무리 좋은 뜻이라도 다른 누군가
에게 결손감을 초래할 수 있다면 거절해야 마땅하지 않겠느냐며.

학부모들의 회비로 에어컨을 설치하는 일은 보류되었고, 10
반의 에어컨은 끝내 켜지지 않았다. 땀으로 흥건하고 나른해진
수업 속에 출석률은 점점 낮아졌다. 여하튼 끝까지 버틴 소수의
학생들과 교사들은 마침내 보충수업의 일정을 마무리했다. 중복
이 막 지난 뒤였다. 1학년 담당 교사들은 이형준 선생이 예약해
둔 뒤풀이 자리로 향했다. 개고기라니, 이는 깔짝깔짝 젓가락질
을 하다가 깻잎이며 들깻가루를 잔뜩 넣은 국물을 떠서 밥을 꿀
떡 삼켰다. 서글픈 보양의 자리이자 보신의 자리였다.

보충수업 분투기, 둘

한 해 두 해 보충수업을 거듭해가며 교사들 사이에는 희망자를 받아 보충수업을 진행하자는 목소리가 점차 높아졌다. 하지만 평교사들을 아우르는 '청년회'의 대표이자 3학년부 기획이던 김재희 선생은 희망자를 받아 보충학습 시간표를 짜는 건 어렵다고 했다. 왜 어렵겠는가. 수요와 공급을 맞추는 게 쉽지 않으리라는 걸 김 선생은 경험상 짐작했으리라. 강제 보충수업이 무리라고 여기는 교사들은 많아도 막상 그 보충수업을 '하지 않겠다 I would prefer not to.'라고 말할 교사는 보충수업을 하지 않겠다는 학생에 비해 많지 않을 수도 있었다. 요컨대 전체 학생을 상수로 놓아야 국영수사과+α의 교사들을 배치한 수업 시간표가 적절히 완성되리라는 것. 이는 보충수업 불참 의사를 밝히는 학생들을 더는 설득하지 않았다. 그러나 1학년 부장이 불참하겠다는 학생을 따로 불러 참여를 강요했다. 일탈은 극히 적었고 변화는 요원해 보였다.

이는 자신을 보충수업에서 빼달라고 부탁했다. 몇몇 교사들도 같은 요청을 했다. 평소 많은 논의가 진행되어온 만큼 이들을 이해하는 교사들도 있었으나, 김재희 선생은 '학교 일을 하려면 동료들의 마음을 얻는 것부터 시작해야 하는데 이와 같은 방식으로는 교사들의 지지를 얻지 못한다. 이 때문에 전교조를 탈퇴하고 싶은 기분까지 들었다.'라며 불쾌해했다. 이는 당혹스러웠지만 자신의 말을 주워 담고 싶지는 않았다. 몇몇 교사가 빠진 대신 다른 교사들이 수업 시수를 더 맡거나 다른 과목 교사가 채워져 다음 분기 보충수업도 그대로 굴러갔다.

보충수업을 그만두기로 했다며 아침 시간에 좀더 여유 있게 집에서 나가던 이에게 엄마는 말했다.

"네가 받아오는 보충수업비로 세탁기 남은 할부금 부어야 하는데……."

이는 어쨌든 그만두었으니 다른 방식으로 해결하라고 왈칵 짜증을 냈다.

0, 7, 8교시의 잔업을 철회한 시간을 이는 수업 준비에 더 쏟을 수 있었다. 학생들이 수업 시간에 쓴 글들을 더 찬찬히 읽고, 감상을 달고, 몇 작품은 타자로 쳐서 수업 시간에 같이 나누어 읽곤 했다.

나 이제 일어나 가리, 이니스프리로 가리

거기 외줄기 엮어, 꿀벌통 하나 두고

벌 떼 소리 요란한 숲속에서 혼자 살으리……

이는 수업에서 함께 낭송했던 교과서 시구를 떠올리며 학생들이 자신의 이상향을 형상화하여 쓴 시들을 하나하나 읽어보았다.

올라갈수록 낮아지네

백성현

나 어릴 적 꿈
커다란 건물들 모두 부수어지고
그 위에 숨 트이고
숲이 덮여,
또 그 위에서 모두가
발가벗고 사는 것

그런데 지금
건물 부수어지지 않고
자꾸만 커져가네
숲이 발가벗고
사람 마음이 가려지고 덮이고
또 덮이네

내 꿈은 묵살되었으니
내 생각도 오그라지고

이 건물들에게 나는 뭔가
사람들에게 있어서는
내 존재는 없어져도 그만일까

바로 슬퍼진다
내 꿈은 없어졌다

다른 세상을 꿈꾸며 있다

독도의 어느 곳

오지영

아무도 없고 아무의 간섭도 받지 않는 곳
내가 하고자 하는 대로 그냥 그렇게 살 수 있는 곳
내 자신을 바다에 비추어볼 수 있을 만한 그곳

하지 않겠습니다

63

때로는 독도가 되고 싶다
비가 오면 그대로 받아주고 심한 파도도 그대로 맞으면서도
꿋꿋하게 자기 자신을 지켜나가는
독도가 되고도 싶다

너네 땅이다 우리 땅이다 주인을 가리려고들 하지만
독도는 누구의 것도 아닌 그 자신만의 독도여야만 한다
그냥 큰 바다에 뾰족이 튀어나온 땅의 일부
그 일부여야만 한다

그렇게 고결하지도 않지만 천박하지도 않은
순수하고도 거짓 없는 그곳 독도
독도에 살고 싶다

내가 독도가 되어본다

이가 학생들의 시를 모아 수업 자료를 완성했을 무렵, 교무실 밖은 어둑해졌다. 풀벌레들이 울고, 저 먼 이니스프리 호수섬의 바람보다도 깊게 실려오는 학생들의 바람이 이에게 다시금 자신이 선 자리를 돌아보게 했다. 이는 천천히 내리는 평화[4]에 몸을

맡기는 상상을 하며 교무실을 나왔다.

통합논술수업, 그리고

지속적인 문제 제기 끝에 여러 학교에서 점차 방학 보충수업은 희망자에 한해 실시하는 것으로 바뀌었고 B고에서도 그러했다. 그래도 전체 2/3가량의 학생들이 보충수업을 신청했다.

이는 1997년 겨울에 동료 교사들과 실험을 벌였다. '교육개혁'이니 '열린교육'이 내세워지고 1994년부터 시작된 수학능력시험은 통합적 사고를 중시하고 있었다. 대학별 논술고사도 치러졌는데, 어찌 됐든 오지선다를 벗어난 논술형 평가는 이에게도 꽤 진전된 것처럼 여겨졌다. 하지만 학생들은 낯선 문제들에 꽤 당혹해했다. 이는 몇몇 교사들에게 통합교과식 논술 수업을 제안했다. 단지 입시를 위한 것이 아니라 세계를 들여다보는 방편으로써 논술 수업을 진행하며 학생들과 이야기의 장을 열어보자고. 보충수업을 하지 않는다고 학생들의 손을 놓는 것이 아님을 입증하고 싶은 욕구도 있었다. 어차피 논술은 중상위권 대학에서

4 ─ 윌리엄 예이츠, 「이니스프리의 호수섬」(1890년 작) 2연 가운데 원문 'And I shall have some peace there, for peace comes dropping slow'에서.

치러지는 것이고, 2학년 학생들에게 더 다급한 건 수능이 아니냐고 비판하는 목소리도 들려왔지만 그럼에도 통합논술수업에 공감하는 교사들은 무료로 강의를 하기로 했다. 이는 토론과 논술 첨삭을 맡았다.

통합논술수업은 오전 보충수업이 끝나고 오후 2시부터 이어가기로 했다. 열흘간의 교양 강좌를 안내하는 시간에 자발적으로 모인 학생들은 50명 남짓이었다. 이는 첫 번째 논술문을 제출하는 것으로 신청서를 갈음하겠다고 말했다. 첫 번째 주제는 이가 프랑스의 대학 입학 자격시험인 바칼로레아에서 인용한 것이었다.

'인간이 된다는 것은 책임을 질 줄 안다는 것이다. 그것은 자기 자신 때문에 생겨난 것은 아니라 할지라도 어떤 가난이나 비참한 광경을 목격할 때 수치심을 느낀다는 것이다. 그것은 동지들이 거두어들인 승리에 대하여 자부심을 느낀다는 것이다. 그것은 한 개의 돌을 갖다놓으면서 세계를 건설하는 데 기여한다고 느끼는 것이다.'

논술 주제 : 책임감에 대한 위 정의를 면밀히 검토해보고 그것이 자신의 경험과 어느 정도 일치하는지를 말하라.

첫 논술문을 제출한 학생은 37명이었고 부침은 있었으나 20명 안팎의 학생들이 논술 수업에 함께했다. 다섯 과목의 교사들이 시의성과 적절성을 따져 자료를 찾아 제시하고 진지하게 토론하며 수업을 펼쳤다.

- 「흥부전」을 재해석한 글을 읽고 '기술 혁신', '더불어 사는 삶', '생태 환경주의자로서의 삶'을 실천한 농부로서의 흥부의 면모에 주목해보자. 이를 사례로 하여 IMF 위기를 극복할 21세기 한국인의 인간상을 제시하라. (역사과 최경석 선생)

- 기능론과 갈등론에 대해 알아보고, 의사와 환경미화원의 경제적 수입과 사회적 지위의 차이에 대한 생각을 기능/갈등론 입장에서 논하라. (사회과 황민호 선생)

- '복제양 돌리'에서 촉발된 생명공학의 논점들을 짚고 인간 복제에 대한 자신의 입장을 서술하라. (과학과 양경희 선생)

- 한국 사회의 가족주의적 집단주의와 권위주의가 형성된 맥락을 살펴보고 그 장점을 살리되 폐해를 극복할 윤리 규범을 모색하여 서술하라. (윤리과 노병철 선생)

- 카프카의 「변신」을 읽고 작가가 그레고르 잠자를 통해 보여주고자 하는 우리 삶의 모습은 어떤 것인지 서술하라. (독일어과 허숙영 선생)

하지 않겠습니다

12월 31일 마지막 수업에서 이는 첫 번째 논술 주제의 인용문이 실린 『인간의 대지』 일부를 학생들과 함께 낭독했다. 안데스산맥에서 실종된 줄 알았으나 눈과 얼음, 절벽과 추위 속에서도 동료들을 기억하며 귀환한 비행사 기요메의 용기와, '내가 아니면 누가 내 나무들을 가꾸어주겠소.'라던 늙은 정원사의 자부심…… . 중중무진重重無盡한 이 세계 안에서 우리는 우리 자신과 세계에 대한 책임으로 얽혀 있는 존재들이었다.

"그러니까 『태평천하』의 윤 직원보다는 독립운동가들이 더 책임감 있는 사람이었다고 봐요."

재훈이가 말했다.

"왜 그렇게 생각하지요?"

"독립운동가들은 일제강점기라는 상황에 대한 수치심을 가지고 그 상황을 바꾸기 위해 애썼으니까요. 그렇게 애쓰며 자기 자신과 동료들에 대해 자부심을 가지고 있었기에 그분들은 그 어려운 운동을 끝까지 포기하지 않을 수 있었던 것 같아요."

이는 수업을 마무리하며 열흘간 함께한 수업의 의미를 기억하자고, 각자의 삶에, 그리고 보충수업이라는 제도에, 함께 쌓은 이 돌 하나의 무게를 잊지 말자고 말했다. 학생들이 칠판에 그려놓은 카네이션을 새겨 담으며 이는 교실을 나왔다.

날이 어둑해지고 눈발이 날렸다. 머리에 남은 눈을 털며 고영숙 선생이 교무실로 들어왔다.

"자기, 아직도 아이들 글 읽고 있는 거야?"

"아, 선생님, 잘 다녀오셨어요?"

한 해를 보내는 마지막 날, 고 선생은 담임 반인 진로반(취업반) 학생들과 졸업여행 겸 롯데월드를 다녀온 것이었다.

"교감 선생님, 덕분에 잘 다녀왔습니다. 애들이 미~치게 좋아했어요."

교감이 씩씩한 고 선생에게 미소를 보냈다.

고영숙 선생 또한 이가 무척 좋아하는 선배 교사였다. 그는 교장이 불허하자 몰래 인근 초등학교 운동장에서 연습하던 풍물패의 지도교사를 맡아 학생들과 늦은 시간까지 연습하며 풍물패가 끝내 정식 동아리가 되도록 했고, 축제 땐 공연도 성황리에 이루어지게 했다. 스스로 북을 메고 학생들보다 더 어깨를 들썩이며 펄떡펄떡 운동장을 뛰어다녔다. 독일어과 교사라 진로반 수업을 담당하지 않는데도 기꺼이 그 담임이 되어 학생들에게 언니, 누나처럼 살갑게 대했다. 그 자신이 취업을 했다가 늦게야 교사가 되었던 이력도 있었다. 통합논술수업을 준비하던 교사들의 모임 뒤풀이가 거나했던 저녁에도 고 선생은 IMF로 몰락하여 가족이 뿔뿔이 흩어진 학생네 다녀와서는 연신 훌쩍거렸다.

"자기 고생 많았는데, 나가서 따끈한 거 먹자. 내가 한턱 쏠게."

"고생은 종일 선생님이 하셨죠."

이는 책상 위 논술 원고 뭉치가 부끄러워 서둘러 정리하고 따라나섰다. 눈발은 어느새 눈송이가 되어 엇비슷한 키의 이와 고 선생의 어깨를 덮었다. 이의 차가운 손을 고 선생이 슬쩍 잡아 자신의 주머니로 넣었다. 그가 흘렸던 눈물의 온기만큼이나 고 선생의 손은 따스했다.

'선생님이 우리 학교에 계셔서 참 좋아요.'

말이 되면 눈처럼 스러져버릴까, 이는 고 선생의 손을 꼭 쥐며 속으로 되뇌었다.

말 달리자

C고에서 만난 교사들은 B고에서처럼 와자지껄 쿵짝이 맞는 건 아니었지만 배려 깊고 진지한 이들이 많았다. 이와 대학 시절 가끔 인사를 나누었던 허 선배가 자신의 모교인 C고에서 4년째 근무 중이었다. 학교의 여러 힘든 일을 맡아 하면서도 그의 품새는 느긋하면서 사근했다. 동자승 같은 얼굴에 연팥죽색 생활한복이 썩 잘 어울렸는데, 동그란 눈썹이 욕심 없는 입꼬리 쪽으로 휘어질 때면 이는 어린 동생처럼 편안함과 미더움에 훗훗해지곤 했다. C고에는 이의 고등학교 때 국어 선생님이었던 정윤호 선생도 있었다. 말수가 적지만 따뜻한 마음으로 이에게 기억되었던 그는 1989년에 이의 모교에서 해직되었다가 C고로 복직해 있었

다. 초심자의 태도로 한 땀 한 땀 수업에 정성을 다하는 그의 모습은 이에게 새로운 감명을 주었다.

학교를 옮기면서 이가 제일 걱정했던 것은 보충수업 거부 입장을 어떻게 밝히느냐였다. 그런데 교과회의에서 허 선생과 정 선생은 군말 없이 이에게 보충수업에서 빠져도 된다고 했다. 이는 공개수업을 맡겠다고 했으나 정 선생은 자신이 먼저 하겠으니 다음번에 하라며 만류했다. 이는 담임에서도 제외되었다. 남학교인 C고에는 여교사의 비율이 낮아서 육아나 출산 예정자는 우선 고려되었고 그 외에도 여교사는 비담임이 되는 경우가 적지 않았다.

본관 건물 뒤, 예전엔 창고로 쓰였다던 조그마한 공간에 여교사 휴게실이 있었다. 이따금 여교사들이 모여 소소한 잡담을 나누기도 하고 피로한 몸을 잠시 뉘기도 했던 북향의 그곳은, 그러나 이에게는 유폐를 자족하는 여인들의 뒤란 같은 느낌이 들었다. 이가 여교사 휴게실보다 더 편안히 들렀던 곳은 보건실이었다. 보건교사 지 선생은 보건실을 찾는 학생들에게 마음을 흠뻑 내어주며 아픔을 쓸어주는 교사였다. 교실에서 성교육, 성평등 교육을 진행할 때면 지 선생은 당차고 뜨거운 언어로 학생들을 뒤흔들었다. 과학과 안 선생도 보건실을 자주 찾았는데, 주로 이야기를 듣는 편인 안 선생의 수더분하고 차분한 태도는 가감 없이 감정을 내뿜는 지 선생과 균형을 이루어냈다. 이는 또래인 그들과 허물없는 대화를 나누곤 했다.

이가 맡은 업무는 학교 신문과 교지 발간이었다. B고에선 학생들과 정성껏 완성한 교지 최종 편집본에 대해 학교장이 예산 탓을 하며 분량을 2/3로 줄이라고 해서 이가 울먹거린 적까지 있었지만 C고의 교장은 신문이 발간될 때마다 학생들을 치하했고 지면의 내용이며 분량 등에 대해서도 일절 간섭하지 않았다. 비담임에 업무에서도 모처럼 시간과 마음의 여유를 갖게 된 이는 3학년 화법과 작문을 담당하며 B고에서 해보았던 통합논술 수업을 본격적으로 시도했다.

마침내 인문계 고등학교 3학년이 되어 새로운 교실에 모여 앉은 열아홉 살 청소년들의 표정에는 한 해 동안 기필코 도약을 이루겠다는 각오, 입시 공부에 코 박아야 하는 권태로운 시간과 맞서내려는 결기, 불확실한 미래에 대한 불안과 우울감 들이 어슷어슷 비쳤다. 그들의 뒤에는 새벽같이 일을 나가면서도 점심, 저녁 도시락을 싸 보내는 어머니의 격려가, 구조조정을 당하고 이 일 저 일 전전하면서도 자식의 대학 등록금을 모으기 위해 안간힘을 쓰는 아버지의 당부가 있었다. 빨간 풍선처럼 부풀어오르던 어린 날의 꿈은 어느 곳에서 스러졌는지, 이제 학생들은 내신

성적과 모의고사 점수, 서열화된 대학과 위계화된 사회 질서 속에 재어지고 죄어지며 고단해하고 있었다.

현재를 미래의 볼모로 삼는 삶이 이토록 당연시되어도 좋은가. 인문계 고등학교라고 하지만 1/3 정도의 학생이 전문대학을 포함한 수도권 대학에 진학하고, 1/3 정도는 재수를 택하거나 지방대에 진학하고, 나머지 1/3은 취업을 하거나 군대에 가는 상황이었다. OMR 답안지를 성실히 채워내도 모두가 정답으로 인정받는 것이 아니듯 아무리 수고로움을 다 바쳐도 입시의 생태계에서 살아남을 수 있는 학생은 제한되어 있었다.

"우리가 '화법'을 배워야 하는 이유가 뭘까요?"

첫 수업을 하며 이가 물었다.

"대화할 때 뭔가 있어 보이려고요."

"뭔가 있어 보이는 대화라…… 그게 어떤 거죠?"

"어휘력도 풍부하고 유식하고 매너도 좋고…….'

"물론 그렇게 말할 수 있다면 바람직하겠죠. 근데 왜 있어 보이고 싶은 거죠?"

"상대방의 마음을 얻고 싶으니까요."

"중요한 부분입니다. 대화란 마음을 얻는 과정입니다. 내가 '나'와 다른 '너'를 만나서 서로 마음을 주고받는 일입니다. 화법 교과서에는 조리 있고 정확하며 상황과 목적에 맞게 말하는 기술과 방법, 사례 들이 잘 정리되어 있습니다. 그 내용은 학습지로 요약해서 간단히 설명할 계획이에요. 선생님이 수업 시간에 중점을 두고 여러분과 하고 싶은 것은 세상에 얼마나 다양한 '나'와 '너'가 존재하는지 들여다보고, 그런 '나'와 '너'의 마음이 어떻게 물꼬를 트며 서로에게 가닿을 수 있는지 탐색하는 일입니다. 정련된 아나운서의 말이나 유려한 대학교수의 강연보다 투박한 내 어머니와 평범한 내 친구의 말이 우리에게 더 감동을 주는 경우가 많아요. 그건 우리가 그들과 훨씬 깊게 만나며 서로에게 더 관심을 기울이고 애정을 쏟기 때문이겠죠. 앞으로 일주일에 두 번의 화법 시간과 한 번의 작문 시간을 통해 토의, 토론하며 글쓰기를 할 예정이에요. 우리 자신과 우리 주변의 세계를 들여다보고 스스로의 목소리로 말하며 서로에게 귀 기울여보는 시간이 되었으면 좋겠습니다."

이는 학생들에게 김민기의 노래 〈잃어버린 말〉을 들려주고 첫 번째 활동지를 나눠주었다.

잃어버린 말

간밤의 바람은 말을 하였고 / 고궁의 탑도 말을 하였고 / 할미의 패인 눈도
말을 했으나 / 말 같지 않은 말에 지친 내 귀가 / 말들을 모두 잊어 듣지 못
했네
여인의 손길은 말을 하였고 / 거리의 거지도 말을 하였고 / 죄수의 푸른 옷
도 말을 했으나 / 말 같지 않은 말에 지친 내 귀가 / 말들을 모두 잊어 듣지
못했네
잘리운 가로수는 말을 하였고 / 무너진 돌담도 말을 하였고 / 빼앗긴 시인
도 말을 했으나 / 말 같지 않은 말에 지친 내 귀가 / 말들을 모두 잊어 듣지
못했네

| 생각 나누기 |

- '간밤의 바람, 고궁의 탑, 할미의 패인 눈, 여인의 손길, 거리의 거지, 죄수의
  푸른 옷, 잘리운 가로수, 무너진 돌담, 빼앗긴 시인의 말' 등 이 시에서 말을
  하고 있는 존재들을 향하여 여러분이 가만히 귀 기울여보세요. 두 가지 대
  상을 골라 그들이 들려주는 말은 무엇일지 써봅시다.
- '말 같지 않은 말'은 어떤 말이라고 생각하나요?
- 여러분의 말 중에도 누군가에게 들려지지 못하고 잊혔던 것이 있었나요? 그
  말들을 다시 꺼내어봅시다(특별히 기억나는 것이 없다면 지금 누군가를 향해 들
  려주고 싶은 말을 한 가지 써봅시다).

이를 갸우뚱하게 바라보던 학생들이 제각기 무언가 곱씹고 나서는 사각사각 제 말들을 적어나갔다. 이는 앞으로의 수업이 자기 자신과 학생들에게 잃어버린 말들을 찾아가는 여정이 되길 바랐다.

그러나 변화는 언제나 번거로움을 수반한다. 모둠 토의를 위해 책상을 옮기는 것부터 학생들은 짜증스러워했다. 매번 나누어 주는 적잖은 읽기 자료와 때마다 작성해야 하는 보고서며 개인별 글쓰기도 부담스러워했다. 그럼에도 적어도 엎드려 자는 학생은 눈에 띄지 않았고 서서히, 정답을 말하는 대신 의견을 나누는 데 익숙해졌다.

하여 이는 'X세대 문화, 대중매체와 언론의 역할, 경제에서의 효율성과 공정성, 역사를 되돌아보는 의미, 과학기술과 현대 사회, 인권, 성평등' 등을 토의 주제로 제시하고 관련 자료를 갈무리하며 학생들과 수업을 꾸려나갔다.

푸르른 5월이건만 열아홉 청춘은 좀처럼 사정권에 들어오지 않는 목표물을 좇아 헤매는 사수들처럼 초조하고 피로한 봄날을 견디고 있었다. 1, 2학년 수련회 기간 동안 잡힌 소풍도 그저 졸업사진을 찍기 위한 행사요, 학습 리듬을 깨뜨리는 번거로운 일정이었다.

'무언가 고달파 보여도/정답처럼 엄숙하지 않아서/볼수록 정다운 얼굴을 떠올리며/나는 학교로 돌아오곤 하지요.'[5]

이는 학생들이 써낸 글 말미에 짧은 시구를 적어주었다.

3학년 1반에는 진지하고 영민한 학생들이 많았다. 그러나 가끔은 냉소적인 반응을 보이는 학생들도 있어서 이로서는 조금 더 긴장감을 갖고 수업에 임하게 되었다.

역사를 주제로 다루며 이는 학생들과 함께 강만길 교수의 「왜 역사에서의 현재성이 중요한가」라는 에세이를 읽고 활동지를 내주었다.

'역사는 사실事實의 나열이 아니라 현재의 관점에서 선택되고 해석되어 사실史實로서 가치를 가지며, 우리가 역사를 배우는 이유는 사실史實들이 가지는 의미를 알아서 오늘의 문제를 해결하는 데 도움을 얻기 위해서이다.'

| 생각 나누기 |

위에 제시된 논지를 참고하여 '우리 역사 가운데 시대의 흐름에 따라 역사적 의미가 달리 해석된 사례'를 들어보고, 그 해석이 달라진 이유를 생각해 봅시다.

학생들은 동학농민전쟁이나 일제강점기 친일파들의 행위, 가깝게는 광주민중항쟁을 예로 들었고, 박정희 대통령을 재평가하려는 흐름에 대해서도 적어냈다. IMF 이후로 경제가 어려워지고 리더십의 부재를 아쉬워하는 목소리가 확산되는 가운데 내로라할 지식인층에서도 그를 찬양하는 언설이 번지고 있었다.

이는 예시된 사례 중 박 대통령을 재평가하려는 흐름에 착목하며 독재와 민주주의의 문제에 대하여 생각해보자고 제안했다. 토의 자료로 이문열의 「우리들의 일그러진 영웅」(이하 「영웅」)과 황석영의 「아우를 위하여」(이하 「아우」)를 제시했다. 「영웅」은 중편소설이어서 각자 찾아 읽기를 권장하며 수업 시간에는 영화 〈우리들의 일그러진 영웅〉(박종원 감독의 1992년 작)을 보는 것으로 대체했고 「아우」는 단편소설 전체를 함께 읽었다. 질문지를 바탕으로 모둠 토의를 하면서 두 작품의 내용을 숙독한 후 모둠별 대표들이 교실 앞으로 나와 전체 토의를 이어갔다.

5 — 정희성, 「학교 가는 길」(『한 그리움이 다른 그리움에게』, 창작과비평사, 1991) 중에서.

이 　먼저 「영웅」에 대하여 토의해봅시다. 한병태가 처음에 엄석대에게
　　저항하고자 취했던 방법들은 어떤 것이었나요?

성원 　전학 온 날 석대가 오라고 했는데 가지 않았습니다. 급장의 명령이
　　라면 무조건 따르던 기존 체제에 대항한 거죠. 아이들이 병태에게
　　석대가 먹을 물을 뜰 차례라고 말했을 때에도 거부하면서 자신이
　　석대의 부하가 아니라 하나의 주체임을 주장했습니다. 한편으로 병
　　태는 용돈을 타내어 석대 패거리에서 떨어져 있는 소수 아이들의 환
　　심을 사보려고도 했습니다. 하지만 그 아이들 역시 석대에게 본능
　　적인 공포감을 갖고 있다는 걸 알게 되죠. 어느 날 석대가 반 친구의
　　라이터를 뺏자 병태는 담임 선생님에게 그간 석대의 행태를 고자질
　　합니다. 병태의 말을 들은 선생님은 아이들에게 학급 안에서 있었던
　　친구의 잘못에 대해 쓰라며 종이를 나누어줬습니다. 그런데 아이들
　　은 그 종이에 외려 병태의 소소한 비행을 적어냅니다. 석대보다 높
　　은 지위의 선생님을 이용해 석대를 무너뜨리고자 했던 병태는 그렇
　　게 실패하게 됩니다.

이 　그런 한병태의 행위에 대해 여러분은 어떻게 평가합니까?

대성 　저는 병태가 '자유와 합리'라는 원칙에 충실하기 위해 엄석대에게
　　저항한 것은 아닌 것 같습니다. 단적으로 석대 패거리에서 소외된
　　친구들을 물질적인 것들로 포섭하려고 했는데 그건 민주주의를 바
　　라는 태도가 아니고 자신이 급장이 된다든지, 여하튼 인정받는 존재
　　가 되고 싶은 욕망 때문에 한 행동이라고 봅니다.

석희 동의합니다. 병태는 석대의 독재에 항거한 것처럼 보일 수도 있겠지만, 어쩌면 '민주적'이란 말을 내세워 권력 다툼을 하고자 한 것 같습니다.

이 병태의 행위가 민주주의를 위한 저항으로 평가받기엔 부족한 점이 많다는 의견이군요. 병태는 결국 석대의 질서에 편입해 들어가게 되는데요, 심리적인 면이나 행동 면에서 어떻게 변해갔는지 조금 더 짚어볼까요?

범호 대청소를 하면서 병태는 석대에게 승인받고 싶어 누구보다 유리창을 깨끗이 닦지만 석대가 좀처럼 합격시켜주지 않았습니다. 결국 병태는 유리창 닦는 행위가 중요한 게 아니란 걸 깨닫고 눈물 속에 처절한 굴종의 태세를 취합니다. 그 후 아끼던 샤프펜슬을 건네주며 석대의 질서에 합류하는 데 성공하죠. 석대의 인정 속에 싸움에서의 서열도 올라가고 석대가 마련한 놀이판에서 특별한 대우도 받으면서 자신이 독백한 것처럼 '권력의 맛'을 듬뿍 느끼게 됩니다.

용진 심리적인 면에서 병태는 처음의 능동적이고 정의로운 태도를 잃어버리고 현실에 순응하게 되었습니다. 힘든 저항을 포기하고 자신의 권리를 버린 채 석대의 그늘 아래서 혜택이나 누리려는 약하고 무능력한 모습으로 변하죠.

이 그런 석대의 질서는 학년이 바뀌고 새로운 담임 선생님이 '혁명'을 이뤄냄으로써 무너졌습니다. 선생님이 취한 방법에 대해서는 어떻게 생각하나요?

영준 민주적인 학급을 만들기 위해 애쓴 점은 높이 평가할 만하다고 봅니다. 하지만 석대에게 폭력을 행사한 것, 대화를 통해 잘못을 뉘우치게 하고 석대가 평범한 아이로 새로운 삶을 살도록 하지 못한 게 아쉽습니다.

찬호 영준이의 생각은 지나치게 낭만적이라고 봅니다. 선생님의 방법은 엄석대의 견고한 왕국을 무너뜨리는 데는 가장 적절한 것이었습니다. 석대는 주도면밀한 학생이니까요.

범선 저는 영준이의 의견에 동의하는 편입니다. 반 전체의 분위기는 바뀌었을지 모르지만, 아이들을 민주적 시민이자 미래의 주인으로 여기고 있다면 석대에 대해서도 이해하며 변화를 끌어내려는 노력이 있어야 했다고 봅니다. 결국 선생님은 엄석대의 질서 대신 자신이 옳다고 여기는 질서를 정립시키는 데에만 전념한 것입니다.

완교 범선이의 말에는 오해의 소지가 있는데요, 선생님은 일부 폭력을 썼지만 그건 불가피한 과정이었고, 공공연한 비리가 사라진 다음, 즉 자유의 바탕을 만들어준 다음에는 학생들이 다양한 의견을 내며 좌충우돌하면서 스스로 질서를 찾도록 했습니다. 하지만 저는 엄석대의 왕국이 강력한 외부의 힘에 의해서보다 내부에서부터 붕괴되었어야 했다고 보는데, 그렇지 못했던 점은 아쉽습니다.

이 선생님의 행위에 대한 평가는 다소 엇갈리는군요. 이제 「영웅」과 「아우」를 비교하며 토의를 이어가겠습니다. 두 소설 모두 힘에 의해 강제되는 질서를 문제 상황으로 보여주는데요, 석대네와 영래네 학급에서 문제를 해결해간 방식은 어떻게 달랐나요?

영준 「영웅」의 선생님은 폭력을 써서 힘으로 아이들 위에 군림했던 석대를 무너뜨렸습니다. 아이들은 선생님에게 의존하고 수동적으로 따랐죠. 그에 반해 「아우」의 교생 선생님은 영래의 힘에 스스로 대항할 수 있도록 아이들을 자각시켰습니다. 그래서 아이들은 적극적이고 능동적으로 대응하게 됩니다.

범호 맞아요. 「영웅」의 담임 선생님은 자신의 힘을 믿고 자신이 그 학급을 바꿔주겠다는 태도를 취했고, 「아우」의 교생 선생님은 아이들의 힘을 믿고 그들 스스로 잘못을 고칠 수 있는 발판을 마련해주었습니다.

이 영준이와 범호가 두 선생님의 차이를 잘 드러냈는데요, 석대네 반 학생들이 6학년 때 담임 선생님을 대한 태도와 영래네 반 학생들이 교생 선생님을 대한 태도는 어떻게 달랐는지 누가 말해줄래요?

철호 「영웅」에서 아이들은 새로 부임한 담임 선생님이 석대를 굴복시키고 학급의 분위기를 바꿔가는 과정에서 또 다른 복종을 하며 엄석대를 고발하죠. 그런 아이들의 태도를 비판적으로 보는 병태 또한 담임 선생님에 대한 복종의 틀에서 벗어나지 않았고요. 「아우」에서 아이들은 누구에게나 열의와 관심을 보이고 부드럽게 설득하며 기다려주는 교생 선생님을 좋아합니다. 영래 패거리는 그런 교생 선생님을 냉소하며 성적으로 희롱하는 쪽지를 돌리지만, 수남이는 머리가 깨어질 수도 있다는 걸 각오하면서 더 이상 물러서지 않겠다는 용기를 내었어요. 선생님에 대한 사랑으로 영래의 폭력에 대한 공포를 무릅쓴 겁니다.

이 좋습니다. 이번엔 두 소설의 서술자에 대해서 생각해봅시다. 「영웅」의 한병태나 「아우」의 김수남은 둘 다 학업이나 경제적인 배경에서 뒤처지는 학생이 아니었죠. 석대와 영래가 불합리한 방식으로 반을 휘두르는 데 반감을 갖고 있었고요. 그런데 병태는 석대에게 투항하는 반면 수남이는 친구들과 함께 영래에게 저항합니다. 두 사람의 행위는 왜 달라지게 된 걸까요? 저기 청중석의 우성이가 손을 들었군요.

우성 병태의 아버지는 좌천된 공무원으로서 스스로의 처지를 비관했고, 병태가 석대의 행동에 대한 불만을 토로하자 오히려 병태에게 석대처럼 유능한 권력자가 되라고 다그칩니다. 그에 반해 수남이의 아버지는 수남이가 교생 선생님의 말씀을 듣고 기지촌에 사는 친구들의 도시락을 싸달라고 졸랐을 때, '중요한 건 네가 도움을 받는 친구보다 훌륭하다는 생각은 절대로 하지 말아야 한다. 조금치도 그 친구에게 전과 달리 대하지 말고, 당연한 것으로 받도록 노력해라.'라고 말씀하시죠. 아버지들의 태도가 두 학생에게 다른 선택을 하도록 한 게 아닐까요?

이 우성이가 소설을 잘 읽어냈어요. 조금 더 생각해봅시다. 두 소설에서 병태와 수남이는 힘 대신 성적으로 자신의 존재감을 확인하고자 했습니다. 그런데 「아우」에서 교생 선생님은 영래랑 견주어 성적을 자랑하고 싶어 하던 수남이에게 충고를 해줍니다. 어떤 내용이었는지 누가 찾아볼래요?

재인 '혼자서만 좋은 사람이 될 수는 없다고 생각합니다. 또 한 사람이 잘못 생각하고 있었다면 여럿이서 고쳐줘야 해요. 그냥 모른 체하면 모두 다 함께 나쁜 사람들입니다. 더구나 공부를 잘한다거나 집안 형편이 좋은 학생들은 그렇지 못한 다른 친구들에게 부끄러워할 줄 알아야 합니다.'

이   재인이가 잘 찾았는데, 교생 선생님이 '공부를 잘하고 집안 형편이 좋은 학생들이 그렇지 못한 다른 친구들에게 부끄러워할 줄 알아야 한다.'라고 말한 까닭은 무엇이었을까요?

재인   …….

우성   다른 친구들이 못나고 게을러서 성적이 안 나오거나 가난하게 사는 건 아니니까요.

재인   아, 제가 그걸 얘기하려던 건데……. (학생들 웃음)

이   선생님은 전쟁 뒤의 힘든 상황 속에서 그나마 좋은 형편이 뒷받침되어 공부를 열심히 할 수 있었던 수남이가 그렇지 못했던 영래에게 우월감을 갖는 것이 온당한 일인가 반문을 던진 것이죠. 기울어진 세상에서 내가 어떤 능력이나 지위를 갖게 되었다 하더라도 그것은 내가 받은 혜택에 의한 것이며, 따라서 내가 남들보다 우월하다거나 남들을 지배하려는 의식을 갖지 않아야 한다는 말이겠죠. 부끄러움을 갖는 것, 우리가 기억해야 할 대목입니다. 마지막으로 각 소설에서 작가가 우리에게 들려주고 싶었던 말은 무엇일지 여러분의 생각을 말해봅시다. 용진이가 먼저 얘기해볼까요?

용진   「영웅」에서 병태는 석대의 질서가 자기한테 불리하다고 느껴 맞서보지만 석대의 질서에 편입된 후에는 오히려 그 질서가 자기에게 유리하다는 걸 알고 석대에게 호의적으로 변합니다. 또 어른이 되어 자신이 안 좋은 처지에 놓이게 되자 석대를 그리워하기도 합니다. 이 이야기에서 작가는 권력에 함께 취한 지식인들과 또 그런 부조리한 사회에 맞설 줄 모르던 국민을 비판하는 것 같습니다. 「아우」에서는 자신을 가로막고 있는 벽을 스스로 넘어서야 진정한 자유를 얻을 수 있다는 것, 독재자일수록 국민의 완강한 저항 앞에서 한없이 무능하고 초라해진다는 것, 그리고 부당한 권력에 맞설 수 있도록 시민들이 각성하자는 말을 하는 것 같습니다.

범호 「영웅」에서 작가는 독재정권의 탄압에 의해 정의에 대한 신념과 믿음을 접고 그 독재에 복종할 수밖에 없었던 우리의 모습을 그려냈습니다. 그럼에도 그 독재 역시 결국에는 무너진다는 것을 드러내기 위해 민중의 편에 서는 새로운 힘을 끌어들였습니다. 반면 「아우」에서 작가는 민중에 대한, 또 민주주의에 대한 믿음을 가지고 있으며, 지식인들에 의해서라도 민중이 깨우칠 수만 있다면 그들 스스로 독재에 항거하고 민주주의를 되찾을 수 있다고 말합니다.

동인 「영웅」은 독재 정부 치하를 축소시킨 교실을 통해서 민주주의의 의미를 돌아보게 하고, 독재에 대항해보지만 무너지고 나약해지는 지식인의 모습을 보여줍니다. 「아우」는 우리를 위압하고 공포로써 속박하는 어떤 대상에 대해 대항하는 방법을 보여주면서, 윤리적인 무관심으로 인해 정의가 짓밟히는 사회를 고쳐나가자고 말하는 것 같습니다.

이 토의하는 내내 다들 열심히 참여해주어 고맙습니다. 다음 시간에는 이 주제에 대한 이야기를 마무리하고 '인권'에 대해서 공부해봅시다.

◇

수업을 마치고 이는 몇 가지 문제들을 더 곱씹어보았다. 「우리들의 일그러진 영웅」에서 '우리'는 영웅을 일그러뜨린 주체가 아니었다. 어쩌면 그 제목에는 일그러지지 않을 '우리들의 영웅'을 욕망하는 심리가 투사된 듯도 보였다. 그에 반해 「아우를 위하여」의 말미에서 작가는 '걸인 한 사람이 이 겨울에 얼어 죽어도 그것은 우리의 탓이어야 한다.'라면서 '우리'를 윤리적 주체로 소환하고 있었다. 수남이가 교생 선생님에게 배운 '진보의 의미와 사랑의 가치'란 무엇일까. 억눌림과 공포에 짓눌리지 않고 그것을 정면으로 직시하는 것, 함께 불합리함과 부조리함을 극복해나가는 것, 그런 과정을 가능하게 하는 사랑의 힘⋯⋯.

생각하고 가다듬은 말들이 무색하게 이는 다시 3학년 1반에 들어가서 저항에 부딪혔다. 체육 시간이 끝난 뒤라 늦게 들어온 학생, 물 마시러 돌아다니는 학생 등으로 교실은 한동안 어수선했다. 그런 상황에서 이가 한 말들은 반향 없이 흩어져버리는 듯했다. 이는 욕심을 덜어내며 새로 '인권'에 관한 자료를 나누어주었다.

"이런 거 또 왜 해요?"

태균이가 짜증 지수를 한껏 올리며 말했다. 그런 질문에선 '왜'가 중요한 게 아니란 걸 알면서도 이는 짜증에 휘말리며 '왜'에 답하고 있었다.

"학기 초에 말했잖니? 다양한 자료를 통해 우리 자신과 세계를 들여다보자고."

"그런다고 뭐가 바뀌는데요? 다른 과목 선생님들은 진도 빨리 빼고 수능 문제 풀이를 도와주려 하는데 선생님은 한가하게 역사나 인권 타령을 하고 있잖아요."

"수능에 직접 관련된 내용은 다른 선생님들이 충분히 해주시니까 나는 너희와 조금 다른 얘기를 다른 방식으로 해보겠다고 그랬었잖아."

"저희가 그런 방식에 동의했다고 선생님은 어떻게 단정하시는 거죠?"

"3월 초에 동의를 구했고, 너희도 열심히 토의하고 보고서도 써왔고……."

"그건 선생님의 권력 앞에 마지못해 따르는 거죠. 모둠별 보고서도 수행평가에 60퍼센트가 반영되니까 할 수 없이 내는 거고요. 매번 작성하는 친구들이 고생해서요."

'권력'이라는 말에 이의 감정선이 쭈뼛 섰다.

"가슴에 손을 얹고 생각해보지만 내가 너희에게 함부로 권력을 행사하려 든 적은 없는데……."

"웃긴 소리네요. 학교에서 권력을 쥐고 있는 게 선생님들인데, 선생님은 그런 권력을 꽤나 고결하게 쓰시고자 하나보죠? 우리가 보기엔 엎어치나 메치나 매한가지인데……."

"그래. 네 말에도 일리가 있겠지. 선생님도 다시 생각해볼게. 그래도 오늘 준비해온 자료는 같이 보자."

태균이는 내친김에 뻐딱하게 한마디 더 뱉었다.

"그러시던가요. 뭐, 똥이 무서워서 피하나요 더러워서 피하지……."

마음을 다잡았지만 이의 눈에는 벌써 눈물이 맺혔다. 용진이가 태균이의 옷자락을 잡아당겼다.

'쉽게 풀어 쓴 세계 인권 선언'을 학생들과 읽는 내내 이의 가슴은 다 진정되지 않았다. 교실을 나와 교무실에 앉았더니 자꾸 눈물이 비어져나와 보건실로 가서 마구 울었다.

"태균이가 시니컬한 면이 있지. 근데 공부 꽤 열심히 하는 앤데. 2학년 때부터 성적도 많이 올랐다더라고. 이 선생은 너무 진지해서 쉬 상처받는 것 같아. 말이야 태균이 말이 맞잖아. 제도 교육에서 교사가 수업하는데 어떻게 학생들에게 억압이 없을 수 있어. 학생들이 무슨 열두 사도라도 되나, 자공이나 안회라도 되느냐고."

"내가 위선적인 교사인 걸까?"

"위선은 무슨. 내가 보기엔 용감한 교사인데, 자기가 용기 내서 하는 건 모두가 알아줘야 한다고 생각한다면 그건 오만이지. 이 선생, 학생들과 너무 큰 얘기만 하지 말고 학생들이 하고 싶은 얘기가 뭔지 더 헤아리고 들어봐."

지 선생이 이의 어깨를 쓸어주었다.

군대 가 있는 동안 화법 선생님이 생각나더라고, 선생님한테 무척 미안하더라고, 태균이가 보건실로 지 선생을 찾아와 말했다는 걸, 이는 수년 후에 들었다.

3학년 2반의 분위기는 어딘가 낭만적인 구석이 있었다. 교실 게시판에는 입시 정보나 대학 진학 자료 외에 동범이가 그린 반 친구들의 캐리커처가 펼쳐져 있었다. 그 옆에는 문예반장을 맡았던 진열이가 매월 '이달의 시'를 예쁘게 프린트해서 붙여놓았다. 1학기 마무리 수업을 하러 갔을 때 교탁 위에 격려의 쪽지를 올려놓았던 것도 2반의 웅심이었다.

선생님, 화법·작문 시간이 걱정하시는 것처럼 엉망이 아니에요. 이 시간만큼은 친구들과 진지하게 이야기를 나누고 서로를 들여다보며 이해할 수 있어서 좋습니다. 입시 공부에서 벗어나 자유롭게 글쓰기를 하면서 일종의 해방감을 느끼게 된달까요? 2학기에도 우리, 행복한 시간을 만들어가요. 파이팅!

글씨도 곰살맞네, 이는 쪽지를 주머니에 넣으며 숨을 크게 들이마셨다. 어떤 학생들은 교사가 슬쩍 배를 띄우기만 했을 뿐인데 힘껏 노를 저으며 자신의 여정을 완수하고 부쩍 성장한다. 그런 학생들을 거울삼을 수 있는 것이 교사의 행복이라고 이는 생각했다.

9월 말에는 학교 축제가 있었다. 동아리마다 설치한 부스에 학생들이 북적거렸다. 전통을 자랑하는 방송반의 방송극이 성황리에 개최됐고, 등나무 아래에는 문예반 학생들의 시화전이 열렸다. 무대 공연 말미에는 교사 중창팀도 함께했다.

"우리의 노래가 이 그늘진 땅에 따뜻한 햇볕 한 줌 될 수 있다면…… 이름 없는 꽃들 다 이름을 얻고 움츠린 어깨들 다 펴겠네……."

나름 2부로 편곡하여 열심히 연습했건만 학생들에게 익숙지 않은 노래라 공연 분위기가 다소 가라앉았다. 이어진 노래는 〈DOC와 춤을〉이었다.

"젓가락질 잘해야만 밥을 먹나요 / ……여름 교복이 반바지라면 깔끔하고 시원해 괜찮을 텐데……."

교사들은 흥겹게 몸을 까딱거렸고 그제서야 학생들도 떼창으로 신명을 더했다.

"사람들 눈 의식하지 말아요 / 즐기면서 살아갈 수 있어요 / 내 개성에 사는 이 세상이에요 / 자신을 만들어봐요……."

말 달리자

91

교사들의 중창 뒤에 축제의 백미인 밴드반 공연이 이어졌다. 남학생들로만 이루어진 C고 밴드반 공연엔 용솟음치는 힘이 있었다. 1, 2학년 밴드 뒤에 3학년 밴드가 찬조 공연을 했다. 보컬은 3학년 2반의 용주였다.

"……노래하면 잊혀지나 / 사랑하면 사랑받나 / 돈 많으면 성공하나 / 차 있으면 빨리 가지 / 닥쳐…… / 닥치고 가만있어 / 우리는 달려야 해 / 거짓에 싸워야 해 / 말 달리자 / 말 달리자 말 달리자 / 말 달리자 말 달리자 / 이리 뛰고 저리 뛰는 지구상에서 / 우리가 할 수 있는 것은 오직 달리는 것뿐이다 / 무얼 더 바라냐 / 어이 이 봐 거기 / 숨어 있는 친구 / 이리 나오라구 / 우리는 친구."

강당이 온통 열광으로 들끓었다. 용주는 노래하며 연주하던 기타를 말 삼아 무대 위를 달리더니 마지막 '말 달리자'를 외칠 때는 급기야 기타를 부수어버린 채 무대에서 뛰어내려 관중석을 헤치고 달려갔다. 그러고는 노래가 끝나자 다시 무대 위로 올라와 친구들을 향해 깊이 고개를 숙였다. 공연 내내 이는 몇몇 교사들과 10대 소녀들처럼 소리를 지르며 몰입했고 누구보다 오래 갈채를 보냈다.

"용주야, 너 진짜 멋있더라. 언제 그렇게 연습했니?"

축제 다음 날 들어간 수업에서 이가 물었다.

"연습은요. 하고 싶은 대로 지른 거죠. 근데 선생님이랑 보건 선생님, 과학 선생님, 불어 선생님 노래하시는 거 완전 핑클 같던데요."

용주는 어깨를 한 번 으쓱하더니 능청을 떨었다.

"그보다 선생님, 오늘이 무슨 날인 줄 아세요?"

이는 무슨 셈속인지 궁금했지만 무심한 듯 답하며 활동지를 나눠주었다.

"글쎄, 용주 생일인가?"

"아, 정말 무심하시네. 오늘이 수능 50일 전날이잖아요!"

"난 또……. 다들 늦었다고 생각하지 말고 여태까지 공부한 것 잘 다져야 하는 거 알지? 체력 관리도 중요하고."

"저희가 원하는 건 그런 뻔한 조언이나 격려가 아닙니다."

태훈이가 정색하고 말했다.

"선생님, 지난번에 100일주도 못 먹었는데 술 좀 사주세요."

용주가 본심을 말했다.

"얘들이! 무슨 학생이 신성한 수업 시간에 술을 사달래!"

"오늘 방과 후에 기다릴게요, 선생님."

도훈이가 애교 가득한 눈웃음을 지었다.

"수능이 농사일도 아닌데 새참 먹고 막걸리 마셔야 힘이 부쩍 솟는다던?"

이의 말에 용주가 입술을 비죽 내밀었다.

말 달리자

"정 술을 얻어먹고 싶거든 수능 끝나고 정식으로 내게 요청하렴. 그동안 고생한 거 위로하면서 한잔 따라줄게."

"선생님, 그럼 수능 끝나고 눈 오는 날 사주세요."

"좋아."

용주의 말에 이는 고개를 끄덕였다. 하지만 수능도 끝나고 눈도 오는데 설마 자신을 찾아올까 하는 마음이었다.

C고의 가장 아름다운 계절은 가을인 듯했다. 교목인 은행나무가 열을 이루어 10월의 청명한 하늘 아래 물들어가는 잎들을 수런수런 흔든다. 소년들은 이 가을에 또 부쩍 자랄 것이다. 그들의 가슴에는 또 얼마나 광활한 들판이 깃들어 있으랴. 회색 건물의 귀퉁이에서 맥락이 사장된 지식을 암기하며 평가받고 줄 세워지지만, 꿈틀대고 출렁이며 내지를 무엇이 살아 있는 학생들이 이는 미뻤다. 이제 소년들은 세상 속으로 들어가 파도를 가르며 바람과 싸울 것이다.

그 가을, 이는 '세상 속으로 우리를 보낸다 – 사회와 나, 깨어짐과 깨뜨림'이라는 주제로 영화 〈세 친구〉(임순례 감독의 1996년 작)를 학생들과 함께 보았다. 담담한 전개가 지루하게 여겨질 수 있음에도 졸업을 앞둔 고3 남학생들은 섬세와 삼겹과 무소속의 이야기에 꽤 몰입했다.

이   이 영화는 대학 진학에서 소외된 세 친구의 삶을 그렸습니다. 대학
에 진학해도 양상이 조금 달라질 뿐, 세 친구가 사회로 나가며 부딪
히는 문제들은 우리가 맞닥뜨릴 그것과 그리 다르지 않을지도 모릅
니다. 영화에서는 스무 살 세 친구가 사회에 진입하면서 겪는 취업,
연애, 군대 문제들을 조명하고 있는데요. 하나씩 살펴봅시다. 먼저
고등학교를 졸업하고 세 친구가 각각 하고자 했던 일은 어떤 것이
었는지, 그것이 좌절된 까닭은 무엇이었는지 얘기해볼까요?

진열   무소속은 만화가를 꿈꾸었습니다. 어렵게 연구생으로 들어갔는데
만화를 그리는 게 아니라 복사하기, 우편물 부치기, 담배 사오기 같
은 잔심부름만 계속 하게 되자 그만두고 나옵니다. 그 후 무소속은
정성껏 그린 만화를 잡지사 공모전에 내기도 했죠. 잡지사 쪽에서
는 무소속에게 소질이 있다며 작업하자고 제안합니다. 하지만 그
작업이란 게 일본 만화를 베끼는 일이었고, 무소속은 거절합니다.
그런데 얼마 뒤 그 잡지사의 잡지에 무소속이 응모한 원고를 표절
한 만화가 실렸어요. 무소속의 항의에도 불구하고 잡지사 쪽에서는
잡아뗍니다. 원고를 반환해달라는 말에 공모한 원고는 돌려주지 않
고 폐기한다며 발뺌을 했고요.

정현   섬세 어머니는 미용실을 하는데, 섬세도 미용사가 되고 싶어 해요.
섬세는 재수학원에 다닌다고 하면서 실제로는 미용학원에 등록해
수업을 받았죠. 학원에서는 실력을 인정받지만 집에는 비밀로 한 채
자격시험을 준비합니다. 어머니는 섬세가 미용실에 드나드는 것을

싫어했으니까요. 베트남 참전 군인이었던 섬세의 아버지는 매일 술을 마시며 섬세에게 공부 잘해서 자신의 '못 배운 한'을 풀어달라고 했고요. 그런 부모님 몰래 섬세는 어머니의 미용실에서 실기 연습을 하죠. 그런데 시험 전날 밤, 섬세 어머니가 미용실이 비어 있는 줄 알고 문을 밖에서 잠그는 바람에 섬세는 다음 날 아침까지 그곳에 갇히게 되고 결국 시험장에 가지 못했습니다.

태훈 삼겹은 딱히 하고 싶은 것이 없었어요. 알바를 하려고 해도 살찐 외모에 대한 사람들의 편견 때문에 자리를 구하기 쉽지 않았습니다. 주유소 알바를 잠깐 하기도 하고 고깃집을 하는 부모님을 돕기도 하지만 좀처럼 환영받지 못하다가 일을 그만두게 되었습니다. 그 후 동네 비디오 가게에 취직해 비디오도 실컷 보면서 나름 만족한 생활을 하나 했는데 먹는 데만 관심 팔려 하는 그를 가게 주인이 쫓아내고 맙니다.

이 세 친구의 사랑 혹은 연애 문제에 대한 고민과 관련해서는 어떤 이야기가 기억에 남았나요?

웅식 무소속은 어머니가 일찍 돌아가셔서 아버지와 단둘이 살아왔습니다. 영화 속에서 아버지는 무소속과 별 대화도 하지 않은 채 바둑만 두죠. 무소속은 연상인 동네 꽃집 여자를 좋아합니다. 그를 동경하며 초상화도 그렸습니다. 비 오는 어느 날 그 초상화를 가지고 꽃집으로 갔는데, 꽃집 여자가 어떤 남자와 우산을 쓰고 가는 모습을 보고 초상화를 버립니다.

경일 무소속이 꽃집 여자에 대해 환상을 품듯이 삼겹은 B급 에로 영화

속의 여자들을 보면서 환상을 품습니다. 한편으로 섬세네 미용실에서 일하는 미경이 누나한테 호감을 가지며 자기가 일하는 비디오 가게의 비디오를 다 공짜로 빌려주겠다고도 하고요. 결국 그 누나의 애인이 누나의 이름으로 비디오를 마음대로 빌려보지만요.

정현 섬세가 누군가를 좋아하는 얘기는 나오지 않는데요, 다만 영화관에 갔을 때 게이인 듯 보이는 어떤 남자가 섬세가 마시던 커피를 슬쩍 가로채며 섬세를 떠보는 듯한 장면이 있었습니다. 섬세의 의도와는 무관하게요.

이 취업도, 연애도 세 친구들에겐 쉬운 일이 아니군요. 어느 날 세 친구에게 영장이 날아오고 그들은 입대를 위한 신체검사를 받게 됩니다. 군대를 둘러싼 세 친구의 삶은 어떻게 전개되었나요?

하성 동생 친구들에게까지 빵을 뜯길 뻔하던 섬세는 자신의 성격을 좀더 '남자답게' 바꿔보려고 입대하려 합니다. 한편으로는 미용실 손님의 머리를 손봐주고 미용실에서 마네킹의 머리를 말면서 가발을 써보기도 하죠. 그런 섬세의 모습을 미경이 누나의 애인이 보게 됩니다. 그는 불성실하다고 미용실에서 해고된 뒤 연락 없이 떠난 미경이 누나 때문에 잔뜩 열이 오른 상태였어요. 껄렁껄렁한 그 남자는 가발을 쓰고 있던 섬세에게 여자냐 남자냐 묻더니 '이런 새끼들이 제일 짜증 난다.'라면서 모종의 폭행을 가합니다. 섬세는 그 일로 정신 질환을 얻게 되어 신체검사 불합격 통보를 받고 맙니다.

민재 삼겹은 군대를 기피하기 위해 비대한 몸을 더욱 살찌우죠. 몸무게 늘리기에 성공해서 면제 판정을 받아냈지만 비디오 가게에서 해고

되고 할 일을 찾지 못하자 '가만있으면 미칠 것 같다.'라면서 계속 먹는 것으로 스트레스를 풉니다.

정호 무소속도 군 면제를 위해 어깨 탈골을 시도해보았는데 소용이 없었고, 세 친구 중 유일하게 입대하게 됩니다. 군대에서 무소속은 상급자의 무지막지한 폭력 앞에 쓰러지고 청력을 상실한 채 제대합니다.

이 그런 과정을 보며 여러분은 군대가 어떤 곳이라고 생각했나요?

성민 군대에 가면 사람이 된다고 하는데, 영화 속에서 군대는 먼저 사람을 정상인과 비정상인으로 나누어 선별하고, 선별된 사람은 다시 무조건 조직에 복종하는 인간, 폭력마저도 감수할 수 있는 인간이 되길 강요하는 곳 같았습니다.

세형 "군대나 갈걸." 하는 삼겹의 말을 통해서 알 수 있듯이, 군대는 공식적으로 삶을 유예해주는 곳 같기도 했어요. 뭔가 진짜 출구는 아니지만 일단은 출구 같은 기분을 갖게 하는 곳이요.

이 영화 전반적으로 세 친구가 사회와 맞닥뜨리며 깨뜨리고자 했던 지점은 무엇이었는지 살펴봅시다.

유철 섬세는 '남자에겐 어울리지 않는다.'라는 편견을 깨고 미용 일을 하고 싶어 했지만 부모님이 달가워하지 않았습니다. 저는 섬세가 부모님께 자신이 원하는 바를 당당하게 말할 수 있었으면 좋겠습니다. 폭력적인 아버지 앞에서 쉬운 일은 아니겠지만요. 군대나 외부의 누구에 의해서 성격을 바꾸는 것이 아니라 섬세 스스로 위축된 상태에서 벗어나 섬세함이 오히려 강점이 될 수 있다는 것을 증명해 보였으면 좋겠습니다.

이   무소속이 깨뜨리려고 했던 것은 무엇이었나요?

성수   무소속은 불합리에 저항합니다. 잡지사도 그래서 뛰쳐나왔고요.
      선생님의 부당한 처사에 저항하다 맞아서 귀를 다치고, 고분고분
      하지 않는다고 군대에서 찍혀 상급자에게 구타당한 후 청력을 잃
      게 됩니다.

이   삼겹은요?

근태   개인적으로 삼겹의 모습이 제일 답답했어요. 섬세처럼 폭력 앞에 위
      축되지도 않고, 무소속처럼 폭력 앞에 개기지도 않지만, 폭력에 무
      기력한 모습입니다. 그 결과 삼겹에게 남은 것은 먹는 것으로 소일
      하는 일과이고, 사람들로부터 받게 되는 편견과 비난입니다. 저는
      "군대나 갈걸." 하는 삼겹의 말을 들으며 그런 무기력이 외려 폭력
      에 순응하게 만들 위험도 있지 않나 하는 생각이 들었습니다.

도훈   그런데 저는 세 친구 중에서 삼겹에게 제일 이입되었어요. 저도 그
      런 무기력함에 빠져 있지 않은가 하고…….

동환   그래도 섬세나 무소속이 겪은 아픔에 공감하고 이해하는 장면들을
      보면 삼겹도 변할 가능성이 있는 것 같아요.

용주   근데 선생님, 영화가 너무 암울해요. 졸업도 얼마 안 남았는데…….
      마지막 장면에서 무소속이 소리를 듣지 못한 채 시장 골목의 어두
      운 한구석으로 사라지는 것을 보며 무척 안타깝더라고요.

이   〈세 친구〉는 어둠을 응시하려는 영화입니다. 어둠을 응시하려는 이
      유는 그래야 우리가 어둠 속에서 일어설 수 있기 때문이죠. 어둠 속
      에 던져졌을 때 우리는 어떻게 희망을 이루어갈 수 있을까요? 다음

시간에는 그 과정을 보여주는 한 소년의 이야기를 읽어보려 합니다.

이는 그다음 시간에 브레히트의 희곡 〈Yes man! No man〉 중 'Yes man' 부분을 학생들에게 제시했다.

등장인물 선생, 소년, 소년의 어머니, 세 명의 대학생, 대합창단

1부

- **대합창단**(chorus) — 배워야 할 중요한 것은 무엇보다도 동의입니다. 많은 이들이 "예." 하고 대답하지만 진정한 동의가 아닙니다. 많은 이들이 질문을 받지 않고, 많은 이들이 잘못된 일에 동의합니다. 그러므로 배워야 할 중요한 것은 무엇보다도 동의입니다.

- **줄거리** — 마을에 전염병이 발생한다. 선생은 산 너머 도시의 훌륭한 의사를 만나려 한다. 그에게는 어머니와 단둘이 살아가는 제자가 있는데 그 제자가 며칠간 결석하자 집으로 찾아간다. 소년의 어머니 역시 병에 걸려 있다. 선생은 약과 처방을 얻으러 여행을 떠날 것이라는 계획을 어머니에게 말한다. 선생의 말을 듣던 소년은 자신도 어머니의 병

을 고치기 위해 직접 산 너머까지 가겠다고 한다. 선생과 어머니는 만류하지만 어떠한 훈계로도 그를 움직일 수 없음을 알고 한목소리로 말한다.

"많은 사람들은 잘못된 일에 동의합니다. 그러나 아이는
질병에 동의하지 않고
그 대신 질병의 치료에 동의했습니다."

어머니는 소년을 보내며 빨리 돌아오기를 당부한다.

◇ 2부

● **줄거리 —** 여행길에 오른 소년은 빨리 집에 돌아가려 마음을 졸이다가 심장의 과로로 움직일 수 없는 지경이 된다. 선생은 산 타기에 지친 소년을 위로하지만, 함께 길을 가던 세 명의 대학생들은 병이 난 것이 분명하다면서 소년을 좁은 산마루로 데려가 살핀다. 그들은 이 좁은 산마루에서는 소년을 업고 데려갈 수도, 자신들이 소년 곁에 남을 수도 없으며, 시 전체를 위해 소년을 산속에 남겨둔 채 가야겠다고 선생에게 말한다. 선생은 반대하지 못하고 소년에게 가서 다른 사람들이 되돌아가기를 원하는지 묻는다. 관습에 따르면 병이 난 사람은 '그대들은 돌아가면 안 됩니다.'라고 답해야 한다. 소년은 생각 끝에 다른 이들이 자신을 산속에 남겨두고 계속 길을 가는 것에 동의한다. 그러면서 혼자 죽기 두려우니 골짜기에 자신을 던져달라고, 자신의 단지를 받아 거기 약을 채워서 돌아가게 되면 어머니에게 가져다달라고 유언한다. 그리하여 여행길을 가려는 이들은 세상의 슬픈 행로와 가혹한 법칙을

한탄하면서 두 눈을 감은 채 소년을 아래로 던진다.

| 생각 나누기 |

'No man'은 위 희곡 중 어느 부분이 어떻게 달라졌을지 상상하여 이야기를
써봅시다.

이는 수업 시간에 학생들의 글 몇 편을 함께 읽었다.

① 소년은 자신을 데리고 마을로 돌아가기를 원한다고 말한다. 그러나
선생과 대학생들은 소년의 대답을 무시하고 가던 길을 간다. 그리하
여 소년은 "예."라고 대답했을 때보다 더욱 비참하게 죽게 된다. 대
학생들과 선생은 소년에 대해 실망한 채 무관심하게 떠날 뿐 아니라
어쩌면 후에 소년의 어머니에게 약을 안 줄지도 모른다. (배재훈)

② **선생** 그럼 너를 남겨두고 가는 데 동의하느냐?

   소년 생각해보겠습니다. (생각하는 동안 침묵) 싫어요.

   소년은 거절했고, 선생도 속으로 기뻐하면서 소년을 어떻게 할지 세 명의 대
   학생들과 의논했다.

   대학생들, 선생 하는 수 없다. 네가 죽는 그 순간까지라도 우리와 같
   이 가겠느냐? 그러면 너는 사람들을 위해 죽을 때까지 함께 도

왔다는 보람이라도 얻을 것이다.

길을 떠나며 소년은 기적적으로 병에서 회복되고 있었다. 이웃 마을에 도착한 일행은 의사를 찾아가 약을 구하려 했다. 그러나 의사는 그 병은 마음속에서 자라고 있고 그 병을 고칠 수 있는 것도 마음이라는 말을 하며 약을 따로 주지 않았다. 마을로 돌아온 일행은 소년의 병이 자신의 마음속에 있던 나태함과 의지하려는 속성 때문이었다는 것을 알아냈다고 말한다. 마을 사람들은 소년이 산속에서 마음을 굳게 먹었던 것처럼 각자의 마음을 다시 바라보며 자신들 스스로 병을 고치게 된다. (이효진)

③ **선생** 그럼 너를 남겨두고 가는 데 동의하느냐?

소년 생각해보겠습니다. 아니요, 동의하지 않습니다.

선생 너는 지금 관습을 거부하는 것이냐?

소년 예. 저는 거부하는 것입니다. 지금까지는 잘못된 일에도 "예." 라고 동의했지만 앞으로는 그러지 않을 것입니다. 저는 질병에 동의하지 않고 질병의 치료에 동의했듯이, 저의 죽음에 동의하지 않고 저의 삶에 대한 희망에 동의하겠습니다. 그러므로 저를 데리고 되돌아가주십시오. (김영수)

④ **소년** 생각해보겠습니다. (생각하는 동안 침묵) 아니요, 동의하지 않습니다.

선생 어째서 그렇게 생각하느냐?

소년 지금 여러분의 생각은 '대를 위해 소를 희생해도 된다.', 즉 시

전체의 환자들을 위해 눈앞의 작은 환자는 내버려도 된다는 것입니다. 그러나 사람의 생명은 결코 그 가치를 서로 비교할 수 없습니다. 그러하기에 저는 동의할 수 없습니다.

대학생들, 선생 이대로 있는 동안에도 많은 환자들이 우리를 기다리며 죽어갈지도 모릅니다. 저 꼬마의 말 때문에 주저하지 마시고 그냥 갑시다, 선생님!

선생은 괴로운 듯 하늘만 바라보다 힘없이 소년을 쳐다본다. 이윽고 소년이 떨리는 목소리로 말한다.

소년 ⋯⋯가⋯⋯세요.

선생 그럼 넌 우리 의견에 동의하는 것이냐?

소년은 가냘프게 고개를 저으며 말한다.

소년 아니요. 하지만 선생님의 그 괴로운 마음만은 이해할 수 있어요. 어서 가세요. 저는 여러분을 원망하지 않습니다. 다만 여러분에게 이런 행동을 하게 한 생각을 원망할 뿐입니다. 그러나 여러분은 그 생각들이 옳은 것이라 여기겠지요. 그럼 그대로 행하세요. 그래야만 나중에 후회하지 않을 테니까요! 그리고 저는 죽기 전까지 생각하겠어요. 과연 무엇이 옳은 것인지⋯⋯.

이 말을 들은 선생은 무언가 결심한 듯 소년과 세 명의 대학생을 번갈아 쳐다보고는 마침내 입을 연다.

선생 나는 교사이기 때문에라도 내 학생, 아니 한 생명이 사라지는 것을 원치 않네. 먼저들 가게. 나는 소년과 함께 되돌아가겠네. 어렵겠지만 소년과 나의 단지를 가지고 가게나. 그래서 고통받는 사람들을 한 명이라도 더 구하도록 해주게.

세 명의 대학생 하지만 선생님······.

선생 그만들 하게! 나는 이 소년의 말을 듣고서야 확신이 들었네. 이 소년이 말한 대로 그대들은 그대들이 옳다고 생각하는 대로 행하게. 나는 이 소년의 생명을 구하는 길이 옳다고 생각했기 때문에 이 길을 택한 것이니 후회는 없네! 어서들 가게. 신이 있다면 방법은 다르지만 사람의 생명을 구하려는 우리 모두를 지켜줄 것이네. (남진희)

"우리를 좌절케 하는 잘못된 관습에 '아니요.'라고 말하는 것은 어쩌면 재훈이의 글에서처럼 더 큰 좌절을 안겨줄지도 모르죠. 그럼에도 영수의 글에서처럼 자신의 질문을 품고 관습에 저항하는 과정에서, 효진이의 글에서처럼 자신들의 마음이나 삶을 돌아보게도 되고 진희의 글에서처럼 함께 공감하고 연대하는 사람도 만날 수 있다고 생각합니다. 어떤 어둠 속에서도 질문을 포기하지 않는 태도야말로 우리를 희망에 가닿게 하는 게 아닌가 생각합니다. 우리가 앞으로 어떤 암울한 계곡을 지나게 되더라도 자신의 질문을 포기하지 않기를 바랍니다."

이는 온통 구름이 낮게 드리워진 창밖을 내다보았다.

수능이 전년보다 쉬웠다고는 하지만 학생들은 또 복잡한 변수들을 헤아려야 했다. 졸업고사까지 마친 교실 분위기는 어수선했다. 이는 학년 말까지 남은 수업 시간에 학생들과 감상할 단편소설 몇 편을 골랐다.

3학년 2반 교실에서 「외투」[6]를 감상하던 중이었다. 한 학생이 아카키 아카키예비치가 어렵게 마련한 외투를 도둑맞아 황망해하는 대목을 낭독하는데 갑자기 도훈이가 눈을 찡긋하며 말했다.

"선생님, 눈이에요!"

소담스러운 눈이 내린 그날 저녁, 이는 세 친구를 학교 근처 시장 앞 버스 정류장에서 만났다.

"선생님, 배고파요. 우리, 순대볶음 먹어요. 저, 이 시장에서 제일 맛있는 데 알아요."

순댓집은 꽤 붐볐다. 먹성 좋은 도훈이가 2인분을 더 추가하면서 슬쩍 맥주를 시켰다.

"그래도 선생님이랑 첫 잔인데 소주보단 맥주가 예의죠."

이는 소주를 더 좋아했지만, 공손히 부여잡은 도훈이의 맥주

---

6 ── 니콜라이 고골의 단편소설(1843년 작).

잔에 술을 찰랑찰랑 따라주었다.

"진짜 사주실 줄 몰랐어요. 선생님, 약속 지켜주셔서 감사합니다."

용주도 다소곳이 잔을 들었다.

"전 민증 나온 지 오래예요. 그래도 선생님하고 처음이니까 오늘은 각 한 잔으로 자제할게요."

태훈이가 깍듯이 예의를 차렸다.

이는 다들 수능시험은 잘 치렀는지, 대학이며 진로는 어떻게 정하고 있는지를 물었다.

"대학 안 가려고요. 성적도 그다지 좋지 않은데 엄마 혼자 고생하시는 거 보면서 등록금 얘긴 꺼낼 수가 없어요. 빨리 돈 벌어서 아버지 병원비 때문에 허덕이는 엄마한테 조금이라도 도움이 돼야 할 것 같아요."

용주의 어조는 애전에 미련을 버린 듯 가벼웠다. 도훈이가 멋쩍어하며 말했다.

"전 고등학교 때 너무 공부를 안 해서요, 일단 군대부터 다녀와서 다시 생각해보려고요. 그래도 우리 중에 제일 공부 잘하는 애가 태훈인데, 수능을 망쳐서 재수하려다가 그냥 전문대 가기로 결정했대요."

"아버지가 최근에 실직하셔서요. 동생도 내년에 고3인데 제가 재수하면 부모님 어깨가 너무 무거워질 것 같아요. 잘하면 장학금 받는 데도 찾을 수 있을 것 같아요."

하수상한 세월에 고달픈 사연도 겹겹이련만, 담담하게 결정하고 뒤돌아보지 않는 세 친구가 이는 좋았다. 허투루 땅에서 발을 떼지 않는, 그러나 결코 둔탁한 소리를 내지 않고 날렵하게 신발 끈을 묶고 걷는 이 친구들. 수능이야 잠시 멈춰 서는 간이역일 뿐, 풍경은 얼마나 다채로우며 삶은 또 얼마나 광막한가. 종착을 몰라 부유하던 이의 마음은 세 친구들을 보며 한결 가라앉는 듯했다.

저녁을 먹고 나서 태훈이는 그냥 가긴 아쉽다며 자기가 노래방 비용을 쏘겠다고 했다. 이는 만류하며 직접 비용을 치렀다. 서태지와 신해철, 김건모는 물론 조용필과 송창식까지 섭렵했을뿐더러 록, 발라드, 댄스 음악을 아우른 세 명의 노래가 이어지고 또 이어졌다. 거친 듯 망가진 듯 유연하게 추어올리는 도훈이의 춤사위는 일품이었다. 이는 그들의 자유자재한 놂, 그 놂음 속에 일찍이 경험하지 못했던 카타르시스를 느꼈다.

"여러 갈래 길 중/만약 이 길이/내가 걸어가고 있는/막막한 어둠으로/별빛조차 없는 길일지라도/포기할 순 없는 거야/걸어 걸어 걸어가다보면 뜨겁게 날 위해 부서진/햇살을 보겠지……."

강산에의 〈거꾸로 강을 거슬러오르는 저 힘찬 연어들처럼〉을 다 같이 목 놓아 부른 후 이와 세 친구는 노래방을 나왔다.

"선생님, 학교에선 오늘 일 모른 척해드릴게요."

도훈이가 배시시 웃었다.

"남은 수업 열심히 들을게요."

"얘, 화법 수행평가가 제일 잘 나왔다고 저한테 자랑했어요. 맨날 수업 시간에 자던 놈인데……."

태훈이가 어깨를 툭 치자 용주가 쑥스러워했다.

"너희랑 수업해서 참 좋았다. 그리고 오늘 진짜 즐거웠어."

전철역에 못 미쳐 이는 세 친구와 작별 인사를 나누었다. 잦아들던 눈발은 밤 깊어 그쳤고 하늘엔 별들이 그새 자리를 찾아 빛나고 있었다. 이는 12월의 별들이 1년 중 가장 맑다는 고등학교 때 선생님의 말을 기억하며 총총한 별빛을 깊이 호흡했다.

아쉬움도 있었으나 한껏 달려온 C고에서의 한 해가 이울고 있었다. 이는 되묻지 않을 수 없었다. 나는 무엇을 위해, 누구를 위해 수업하는가. 이는 그날 세 친구와의 만남을 그 질문 위에 포개어 얹었다. 좁은 산마루에 홀로 내버려지지 않고, 아니라고 말한 어떤 소년의 목소리를 생각했다. 선의와 배려를 아끼지 않은 허 선배와 정 선생을, 이의 실험을 북돋아준 동료 교사들을 떠올렸다. 그리고 그들에 기대어 조금쯤 비스듬히 서 있던 자신을 돌아보았다.

수능이며 논술이며, 입시를 정점으로 펼쳐지는 경쟁의 장에서 계속해서 '아니요.'라고 대답할 수 있을까. 담당 학년이 바뀌고 학교 구성원이 바뀌고 또다시 학교를 옮기게 되었을 때에도 교과서와 문제집을 넘어선 실험은 지속 가능할까. 어디에서 어떻게 질문을 받들고 걸어갈 수 있을까.

오랫동안 고민해오던 이는 C고에서의 한 해를 끝으로 고등학교를 떠나 중학교로 옮기기로 했다.

그날 밤 꿈속에서 불타고 있던 것은 무엇이었나. 스스로 일어서서 똑바로 가야 해. 그렇게 중얼거리며 이는 발걸음을 옮겼다.

방문객[7]

지유에게

2004년, 새 학기를 앞두고 2학년 3반 학급 구성원 명단이 들어 있는 봉투를 내가 뽑아 열었을 때, D중 선생님들은 부러움과 우려를 함께 내비쳤어. 우리 반에는 유독 선생님들이 칭찬하는 학생이 많았지. 전교 1등을 할 만큼 학업에 두각을 나타내는 학생, 따뜻한 심성으로 늘 주변을 살피며 배려하는 학생, 무슨 행사든 적극적으로 나서 멋지게 마무리해내는 학생, 묵묵히 밑돌이 되어 학급의 안정감을 끌어내는 학생…… 그리고 지유, 네가 있

---

7 — 정현종, 「방문객」(『광휘의 속삭임』, 문학과지성사, 2008) 중에서.

없어.

넌 그 이전 해 가을 무렵에 전학을 왔지. 아버지와 함께 조선 동포인 어머니가 아기를 업은 채 널 데리고 교무실에 들어왔을 때, 너는 버성긴 식구들로부터 한 걸음 떨어져 서서 마음에 똬리를 틀고 있는 듯 보였어. 강원도에 계신 친할머니 밑에서 자라오다 중1 때 유급을 하고 다시 올라온 서울의 D중에서 너는 잘 적응하지 못했고 결석도 잦았어. 감정 조절도 어렵던 나머지, 학년 말에는 급기야 앞자리에 앉은 남학생의 손등을 커터 칼로 긁는 일까지 벌어졌지. 네 아버지는 담임을 찾아와 머리를 조아리셨어. 너도 피해 남학생과 그 학부모에게 무릎 꿇고 사죄했지만 가슴속 분노는 아직 다 갈앉히지 못한 듯했어. 무엇이 네게 그런 행동까지 감행케 했던가는 기억이 나지 않는구나. 다만 문득 '저 애가 내게로 온다면 무엇을 어떻게 할 수 있을까' 하는 물음이 일었고, 이듬해 너는 우리 반이 되었어.

아이들은 너를 어려워도 하고 일부 두려워하는 듯도 보였지만, 시간이 지나면서 점차 경계를 풀고 언니, 누나로 부르며 친숙함을 표하는 경우가 많아졌어. 넌 웃을 때 양 눈가에 주름이 두세 겹 접히곤 했는데, 입을 앙다물 때와 달리 그런 표정은 어떤 상대방도 무장해제가 될 만큼 따스했지. 학기 초, 아이들이 서로를 물들이며 우리 반 나름의 빛깔을 만들어갈 무렵 너도 네 마음을 조금씩 풀어보였어. 넌 파란 물감 빛을 좋아한다고 했어. 파란빛은 나 또한 좋아하는 색. 어쩌면 너와 더 많이 교감할 구석이 있을지 모르겠다고 생각했단다.

너도 기억하지? 『어린이 공화국 벤포스타』[8]를 읽으면서 '2학년 3반 학급 구성원들의 권리와 의무'를 함께 정해보았던 것을. 사회의 시민으로서 인정받고 책임지는 연습을 학급 안에서부터 실천해보자는 취지였어. 모둠별로 도화지에 적어낸 조항들을 다 같이 토론하며 선별하고 다듬은 글을, 내가 색지에 인쇄하고 코팅하여 게시판에 붙였지.

● 2학년 3반 학급 구성원들의 권리와 의무
- 우리는 서로 존중받을 권리가 있고 서로 존중할 의무가 있으며, 우리를 가르쳐주시는 선생님을 존중하며 배운다.
- 우리는 서로에게 정신적, 신체적 폭력을 행사하지 않는다. 친구를 때리거나 놀리는 일, 기분을 나쁘게 하는 일들을 삼간다.
- 우리는 출신·성별·종교·성적·연령·지역 등의 차이와 신체적, 정신적 장애 등을 이유로 친구들을 차별하지 않는다. 특히 남녀평등의 가치를 배우고 생활 속에서 실천한다.

8 — 에버하르트 뫼비우스, 보리, 2000.

방문객

- 우리는 어려운 친구나 소외받는 친구들에게 먼저 다가가고자 노력한다.
- 우리는 자신의 생각과 느낌을 자유롭게 펼칠 권리를 갖는다. 우리는 학급회의, 학급 카페를 통해 우리 의견을 말하고 학급 운영에 실제로 반영할 수 있다.
- 우리는 개인적인 삶의 공간을 침범하지 않도록 서로 주의하고, 상대방을 배려하는 마음을 갖도록 노력한다.
- 우리는 다양한 매체를 통하여 자신의 삶에 필요한 정보에 접근할 권리를 갖는다. 서로 간에 학교 교과 수업과 관련한 자료 등 지식을 공유할 권리가 있다.
- 우리는 건전하고 다양한 문화 예술에 자유롭게 참여할 수 있는 권리를 갖는다. 우리는 의견이 일치할 때 파티, 여행, 관람 등의 소규모 행사를 열 수 있는 권리가 있다.
- 우리는 여가를 누릴 권리를 갖는다. 쉬는 시간이나 점심시간에 서로 방해되지 않고 하고 싶은 일을 할 수 있도록 배려한다.
- 우리는 우리 반, 우리 사회를 위해 일할 권리가 있다. 우리는 우리가 일하고 싶은 분야를 선택할 권리를 갖는다.
- 우리는 자기 주변을 깨끗이 함으로써 우리가 사는 세상을 맑게 할 의무가 있다(우리 교실에서라도 쓰레기를 함부로 버리지 않는다).

말과 실행이 같이 가기란 쉬운 것이 아니겠고, 때로 어떤 권리가 훼손되거나 의무에 대한 감각들이 느슨해질 수도 있겠지만, 함께 선언하는 힘이 학급 살림의 주추가 되기를 나는 기대했어.

지유야,

어떤 학생인들 교사에게 그냥 다가올 리 없지만, 넌 내게 특별한 방문객이었지. 과거의 아픈 상처들, 거친 말투와 충동적인 행동으로 가팔라져 있는 현재의 모습, 몸살을 앓으며 피워낼 미래의 어떤 가능성과 함께, 일생을 걸고 찾아온 너를 나는 어떻게 맞았던 걸까.

3월 초, 너는 교복을 갖추어 입고 교과서도 잘 챙겨와서 종일 네 자리를 지켰어. 네 손톱은 정성 들인 네일아트로 치장돼 있었고 눈썹은 가는 활 모양으로 다듬어져 있었으며 오동통하게 귀여운 입술에는 틴트가 붉게 배어 있었어. 수업 시간에 교복 넥타이를 매지 않으면 감점을 하던 학생부장 선생님은 실은 마음이 따뜻한 분이었지. 말썽꾸러기 손녀를 보듯, 아픈 손가락 보듯 너를 대하며 관용을 베풀다가도 등교 시 교문 앞에선 다른 아이들 볼까 한두 마디씩 하셨어. 지유, 입술 색깔이 그게 뭐냐. 치마 길이 내려라. 누가 실내화 그대로 신고 등교하랬니. 너는 익숙한 잔소리를 귀밑머리 넘기듯 스치고 교실로 들어오곤 하다 아예 학생부장 선생님을 만나지 않으려고 1교시 훌쩍 넘겨서야 등교하곤 했어. 네 가방 안에서 가장 소중한 건 파우치였는데, 그 당시만 해도 화장에 익숙지 않은 아이들에게 매니큐어나 틴트를 빌려주곤 했지. 소중한 것을 함께 나누는 것이 친구 되기의 첫 번째 일이니까.

하지만 학교에서 네가 반 아이들과 나눌 수 있는 것은 생각보다 적었어. 네 삶은 이미 학교 밖의 세계에 익숙해 있었고, 네 주변엔 제도권 학교를 벗어난 친구들이 많았지. 친할머니 밑에서 자랄 때만 해도 너는 이쁘고 영리한 아이였댔지. 초등학교 4학년 때는 부회장도 했고. 열 살이 되고 열세 살이 되고…… 너는 찢긴 날개로 차갑고 시린 세상의 어귀에 놓였어. 그 어릴 적 너를 두고 떠난 엄마를 향해 문득 실체가 불분명한 그리움을 느끼며, 채 다 터져나오지 못하는 통증을 움키며. 친구들과 한바탕 말다툼을 벌인 뒤끝에, 사춘기에 겪는 몸과 마음의 변화에 흔들릴 때면 다 잡아주고 달래줄 어른, 엄마. 너를 낳고 젖몸살을 앓던 그 뜨거운 여인을, 네가 한술 밥을 차마 삼키지 못하던 저녁에도 세상 어디에선가 밥을 안치고, 눈부신 태양 아래를 네가 터벅거릴 때 생기 있게 길을 나설 그 여인을 원망하면서도 너는 그리고 또 그려 보았겠지. 어린 가슴으로 헤아려도 보았겠지. 그이는 왜 나를 떠난 걸까. 나는 왜 혼자 남은 걸까. 나는 누군가를 떠나지 않는 사람이 되고 싶은데 그럴 수 있을까.

담배 연기를 뻐끔 내뿜고 소주 한잔을 들이켜는 것이 대수로운 일이래니. 네 할머니는 마을의 빈집에 친구들과 모여 있는 너를 보곤 덜컥 겁이 나 하셨지. 할머니에겐 애잔하고 귀여운 손녀딸이었지만, 내면의 균열을 마주한 삶의 여울목에서 넌 이미 할머니의 푸근한 채마밭이며 살가운 저녁 자리와는 멀어져 있었어. 네 아버지는 너를 서울로 데리고 올라왔어. 시간이 걸리더라도 가족의 품이 네게 다른 시작을 가능케 하리라는 기대를 갖고. 곡절은 많았지만 너는 2학년으로 진급할 수 있었어.

그러나 3월 후반이 지나면서 넌 다시 학교를 빠졌지. 방학이면 학생들의 가정을 방문하곤 했던 나는 네 부모님을 학교로 오시게 하는 대신 먼저 너희 집으로 찾아갔어. 아버지는 너를 위해서라도 넓은 집을 마련하셨다면서 깨끗이 정리된 네 방을 보여주셨어. 침대 위엔 연분홍 커튼이 드리워져 있고 커다란 곰인형이 침대 한 켠에 누워 있었지. 어머니는 어린 아들을 키우느라 정신없는 와중에도 백화점에도 같이 가 옷도 사주고 네가 좋아하는 떡볶이도 만들어주면서 너와 자주 말을 섞으려 하신다더라. 나중에 네가 말했지. 엄마라고 자연스레 부르진 못해도, 멀리서 다가와 가족이 된 그분에게 막연하게나마 여성으로서의 유대감을 느끼며 호의에 고마움을 표하기도 했다고. 하지만 수고로운 그분의 생활에 네가 또 하나의 짐으로 얹히는 건 끔찍이 싫었다고.

네 어머니는 한숨을 쉬며 말씀하셨어. 전날 밤늦게까지 친구들과 어울리다 들어온 너를 아버지가 한참 야단치셨고, 아침엔 좀처럼 일어나지 않는 너를 어머니가 깨웠는데 네가 짜증과 욕설로 덤비다가는 이불을 부둥켜안은 채 1교시, 2교시…… 6교시를 훌쩍 넘길 때까지 누워 있더라고. 그러다 오후 늦게 옷을 차려입고 집을 나갔다고.

이불 속에서 네 자신과 버둥거리는 너, 건드리지 말라며 온몸을 곤추세우는 너, 공원이든 친구네든 혹은 다른 어떤 곳이든 집이 아닌 곳을 찾아 헤매는 너……. 그렇게 훌쩍 떠나 떠돌던 네가 들어온 시간은 9시가 다 되어서였어. 너는 씻고 나서 방에 들어가 동생을 안고 나왔어. 선생님, 제 동생 예쁘죠? 언젠가 자기소개 글에서 네가 썼던 말이 생각나더라.

'내가 좋아하는 것 – 아기 냄새. 그냥 코끝이 찡해지면서 기분이 좋아진다.'

선생님, 걱정 끼쳐드려 죄송해요. 요즘 일어나기가 너무 힘들어서요. 내일은 학교 갈 거예요. 천진하게 웃는 네 눈을 나는 한참 들여다보았지. 너는 내 조바심 섞인 걱정이며 아직 채 여물지 못한 우정 들을 깊이 호흡하는 것 같았어.

나는 어둠 속을 걸어 집으로 돌아오며 생각했어. 식구들 모두

안간힘을 쓰고 있는데, 네게 더 필요한 것은 무엇일까. 네 마음 깊이 접히고 베인 자국과 상처는 어디에서 무엇을 만나 풀어지고 새살이 될 수 있을까.

다음 날 너는 점심시간이 지나서야 날 찾아왔지. 실은 그날 내 기분은 엉망이었단다. 2교시 도덕 시간에 '민주적 생활태도'며 '올바른 의사결정'을 배우다가 우리 반 학생들이 담임인 나를 성토했던 모양이야. 이 선생님은 비민주적이고 고집쟁이다. 교과서를 자세히 다뤄주지 않는다. 자세히 설명해달라고 해도 교과서에 나오지 않는 자료들만 더 나눠주고 자꾸 우리에게 말해보라 써보라 요구한다……. 도덕 선생님은 걱정스러운 얼굴로 나를 찾아와서 조심스레 말했지.

"선생님 반 아이들 무척 영리하고 명랑한데, 아까 깜짝 놀랐어요. 선생님의 수업 방식에 대해 여러 학생들이 반감을 토로하더라고요. 제가 평소 선생님이 애쓰시는 걸 알고 이해시키려 해도 통 들으려 하지 않아요."

학생들과 소소한 충돌을 겪고 갈등의 골을 풀어냈던 경험이야 여러 차례 있었지만, 다른 교사에게까지 그런 내 모습이 전면적으로 노출된 건 처음이었어. 그래, 자존심도 퍽 상했지. 올바른 의사 결정이라……. 4교시 수업 시간에 심호흡을 하고서 학생들에게 물었어.

"도덕 선생님께 들었는데, 내 수업 방식에 대해 여러 가지 불만이 있는 것 같더군요. 여러분 생각을 직접 듣고 싶어요. 아직 한 달도 채 지나지 않아 익숙하지 않은 게 많겠지만 서로 이해할 수 있는 방법을 찾아봤으면 해요."

멍석은 깔았지만 내 마음이 편치는 않았어. 그걸 알아차린 학생들도 한결 날이 서서 말을 던졌지.

"선생님은 교과서를 안 가르치시잖아요!"

똘망한 혜주가 먼저 말했어. 교과서를 안 가르치다니, 그건 전혀 사실이 아니었어. 난 학습활동 위주로 교과서 내용을 정리한 후 내면화나 비평으로 이끄는 활동을 더 많이 제시하는 편이었어. 물론 나는 교과서란 성전聖典이 아니라 그저 수업의 한 도구일 뿐이라고 생각해왔어. 그 몇 해 전에는 국어교사모임에서 발간한 대안교과서를 단체로 구입해서 그 책으로 수업도 시도해보았어. 그러나 그 교과서를 활용하면서 오히려 깨달았어. 그 어떤 훌륭한 필진이 집필한 교과서라 해도 교사가 직접 만든 자료보다 생생할 수는 없다고. '수업(授業/受業 - 함께 손手을 건네며 업業을 나누는 것)'이란 '지금 여기'의 현장에서 화두를 던지고 발문을 나눔으로써 이루어진다고.

"1학년 때 선생님은 밑줄도 그어주시고 별표도 쳐주시고 필기도 체계적으로 해주셨단 말이에요."

"선생님은 자꾸 저희더러 생각하라, 생각하라 하는데, 대체 무슨 생각을 하라는 건지 자꾸 문제만 던지시니 답답해요."

"시험을 봐야 하는데, 무얼 어떻게 공부해야 할지도 막막하다고요."

당황한 나머지 방어적인 태세가 되었던 나는 한국교육과정평가원에서 일하는 선배의 말을 빌려 학생들을 설득하려 했지. 교사는 교육과정만 가지고도 스스로 수업 자료를 만들고 활용할 수 있어야 한다, 교과서는 보조자료일 뿐이다. 더 나아가 이렇게 말했지. 교사는 걸어다니는 교과서라고. 내가 선 교탁과 학생들이 앉은 책걸상 사이가 아득해졌어. 그것이 우리를 둘러싸고 있는 입시 위주 현실 때문이었다고, 나는 잘라 말할 수 없구나.

하지만 우리 반 학생들 모두가 같은 입장은 아니라는 걸, 나는 한결 차분해진 시선으로 관찰할 수 있었어. 우리 반 학생들이 똘망했기에, 3월을 지내오면서 서로 돈독해지고 또래 간의 결합력이 강해졌기에, 사춘기다운 자의식으로 '아닌 것 같은데요.'라는 말을 야물게 할 수 있었던 거라며, 흐트러진 마음을 쓸어도 보았고. 그럼에도 내가 중학교에 옮겨온 지 수년이 되었으면서도 여전히 학생들과 눈높이를 맞추는 데 실패하고 있다는 생각이 들었어.

점심시간에 밥을 뜨는 둥 마는 둥 하고 내 부족함이며 나태함을 자책하느라 기운이 빠진 채 교무실 내 자리에서 책을 몇 장 넘기다가 책상 위로 엎어졌어.

"선생님, 어디 아프세요?"

교복 상의의 단추 두 개를 풀어헤친 가슴 위로 은십자 목걸이를 반짝거리며 네가 내 어깨를 만졌을 때, 나는 와락 너를 안고 싶었단다.

"지유야, 왔구나!"

"늦어서 죄송해요. 어제 친구랑 밤늦게까지 버디버디하고 늦잠 자느라……."

"잘 왔다. 보고 싶었어."

교과서는, 수업은, 학교는 네게 또 무슨 의미란 말이니. 나는 의젓한 우리 반의 모범생 전교 1등 준호를 위해서도 교과서를 펴지만, 교과서의 활자들이 그리 꼼꼼하거나 생생하게 이 세계를 새겨넣지 못한다는 걸 겪어온 널 위해서도 교과서를 펼쳐야 하는 존재였지. 학창 시절, 나는 '사잇소리 현상'이니 '아이러니와 패러독스의 차이'니 '공감각적 심상'이니 하는 말들에 대해 질문하며 선생님들의 설명을 교과서에 빼곡히 적어넣는 학생이었지만, 그런 어휘들 밖에서 유영하는 친구들의 지느러미가 생생히 와닿는 순간의 비릿한 비현실감을 기억하는 학생이기도 했어. 그

친구들을 위한 교과서는 존재하는 거니, 나는 네게 어떤 교과서
가 될 수 있겠니.

그날은 수업이 7교시까지 있었어. 나는 종례시간까지 잘 버텨
낸 널 보고 한결 안심이 되었지. 하지만 무리였던 걸까. 그날 너
는 청소 담당 모둠에 속해 있었는데 금세 사라지고 없었어.

"애들아, 지유는 어딨니?"

"누나, 약속 있어서 먼저 간다고, 선생님한테 죄송하다 말해
달라면서 조금 아까 나갔어요."

그러니까 부적응, 아니 비적응 학생에 대한 배려라는 면에서
우리 반 학생들은 암묵적인 동의로 네게 틈을 주고 있었지. 어떤
선생님들은 그러다가 반 분위기 허물어진다고 우려 섞인 시선을
보냈지만, 내 경험으로 보았을 때 결정적인 부분은 그런 데에서
허물어지진 않는다는 믿음이 있었거든.

하지만 네가 다른 학생에게 말을 전해달라고 하고 훌쩍 사라
져버리자 화가 났어. 학교에 나오기 힘든 네 생활 패턴이야 그
렇다 할지라도 기왕에 나왔는데, 무슨 어려운 문제 풀이도 아니
고 그저 15분이면 끝날 비질, 걸레질조차 함께하지 않는다면 그
건 학급 구성원들에게 무심할 뿐 아니라 담임을 무시하는 태도
로 받아들여졌거든. 고민했지. 다른 학생 같았으면 아마 내가 집
으로 찾아가거나 부모님에게 연락을 드렸을지도 모르겠다. 근데

방문객

123

네겐 그러기가 쉽지 않았어. 학생들의 2/3가 손전화를 갖고 있었지만 넌 손전화도 삼촌에게 압수당했다고 했어. 2학년 올라오기 전, 네가 학교를 빠지고 엄마 말도 아빠 말도 듣지 않는다고 가위로 싹둑싹둑 네 머리채를 잘라버렸다던 그 삼촌한테 말이야. 대신 너는 급할 땐 친구 서현이에게 연락하라며 번호를 남겨주었지. 같이 있을까? 나는 절반만 기대한 채 서현이의 번호를 눌렀어. 서현이는 시원스럽고 서글한 아이더라. 마침 곁에 있다며 널 바꿔주었어. 난 네가 그런 식으로 가버려서 서운하다고 했는데, 너는 또 고분고분 듣고 있다가 아무렇지도 않게 말했지. 선생님, 배고파요. 여기 근린공원인데 밥 좀 사주세요.

퇴근 시간도 다 되었던지라 이내 근린공원으로 갔더니 너는 그새 교복 대신 짧은 치마에 힐을 신고 짤랑이는 귀걸이를 흔들면서 나를 불렀지. 서현이는 비정규 대안학교를 다니는 학생이었는데 희고 갸름한 얼굴이며 긴 목이 썩 미인형이었고 조금 숙성해 보였어. 떡볶이를 함께 먹으며 국물이 네 얼굴에 튀자 서현이가 재빨리 닦아주었어. 이 기집애가 4시에 끝난대서 학교 앞에서 기다렸거든요. 규칙이니 규범을 지키는 것도 스스로 연습하며 타인의 인정을 받는 가운데 쌓을 수 있는 능력인데, 넌 그런 것들을 꽤 오랫동안 개의치 않고 지내왔지. 좋아하는 친구와 약속이 있는데 귀찮은 청소 따위가 왜 걸리적거려야 하겠니. 그냥 나간 것도 아니고 미안하다 내게 전해달라고 했는데 말이야.

"지유야, 그래도 서운한 건 어쩔 수 없네. 네가 우리 반 친구들을 위해서 양보할 수 있는 시간이 늘어났으면 좋겠다. 그리고 앞으로는 어떤 사정이 생기면 내게 직접 말해주렴."

너는 입술을 뾰로통하게 다물었고, "잘 해라, 인마." 서현이가 네 머리를 툭 치며 핀잔을 주었지.

배를 채운 뒤 너희가 향한 곳은 물론 스위트 홈 따위 아니었어. 해가 한결 길어지던 그 저물녘에 너희는 다시 버스를 타고 떠났지. 나는 묻지 않았어. 흔들리는 차창 속에서 더 많이 흔들려 보이는 너희 얼굴이며, 손잡이를 허우적 붙잡은 늘씬한 팔들을 그저 물끄러미 바라보았을 뿐.

여름이 시작될 무렵엔 내 수업에 학생들도 어느 정도 익숙해졌어. 친소관계에 조금씩 차이는 있었지만 학급 구성원 누구도 배타하지 않으며 반 학생들의 분위기는 대체로 평화로웠지. 하지만 사람들이 학생들에게 기대하는 평범한 일들이 결코 쉽게 이루어지는 것이 아님을, 나는 교사가 되고 깊이 실감하게 되었단다. 누군가에겐 아주 당연한 일로 치부되겠지만, 학교에 매일같이 나와 앉아 있는 것도 또 다른 누군가에겐 쉬운 일만은 아니었어. 정해진 자리에 매일같이 앉아서 가끔은 졸기도 하고 종이 치

방문객

면 누구보다 빨리 뛰어나가고 점심시간이 되면 헤벌쭉 급식 줄에 서기 위해선 적잖은 생기와 활력이 필요했지. 사실 학교의 그 수많은 학생들이 정시에 등교하고 하교한다는 건 어쩌면 놀라운 일이야. 시간이 어떻게 그리 일방향으로 수백 명에게 한결같이 흐를 수 있겠는가 말이야.

네게는 학교 안에서보다 더 실재적인 시공간들이 있었어. 네 등교시간은 점점 가늠하기 어렵게 되었고 부모님과의 갈등도 커졌지. 아버지에 대한 애틋함도 갖고 있고, 어린 동생도 귀여워했고, 어머니도 이해하려 했지만, 넌 그 속에서 평범한 중학생의 일상을 연출해내는 걸 감당할 수 없었어. 가출은 점차 일상이 되었어. 너는 결석이 더 잦아졌고, 나는 복구된 네 손전화로도, 혹은 서현이의 손전화로도 어디에 있냐고, 학교에서 보자고 몇 번이고 전화를 걸었지. 통화가 안 되면 음성 메시지도 남기고. 그러면 한참 만에 콜렉트 콜이 걸려오기도 했어. 선생님, 저 지금 ○○사우나예요. 이쪽으로 와주실래요? 네 불안한 음성에 나는 그 사우나 근처를 쏘다니며 널 찾아다녔지만 만날 수 없었어. 밤늦어서야 네게서 다시 콜이 왔지. 집이에요, 선생님. 아까는 갑자기 친구랑 다른 곳으로 이동하는 바람에…… 죄송해요.

나는 드문드문 네게 소중한 남자친구가 있다는 것이며 그 친구와 얼마 후에 헤어졌다는 것을 들었어. 너는 담배가 떨어진 날

이면 전철역 앞을 서성이다가 지나가는 아저씨들에게 담배 한 대만 달래서 얻어 피운다고도 했지. 네가 점심시간에 담배 냄새를 풍기며 등교하던 날이었을 거야. 학생부장 선생님이 내게 "선생보다 아이가 세상물정을 빠삭히 아는데…… 지유에 대한 기록을 일자별로 잘 정리해두어요. 무엇보다 선생님을 보호하기 위해서요."라고 조언을 해주시더라. 내가 널 보호할 수 없다는 점에는 수긍했지만, 누구로부터 내가 보호받을 수 있다는 걸까, 나는 그분의 조언을 따를 수 없었어. 네게 피임이나 성적 자기결정권에 대한 얘길 꺼낸 적도 있지만, 그때 내 깜냥으로는 허투루 헤집어 네 마음만 상하게 하려나 싶어 깊이 묻진 않았어. 다만 너는, 선생님 너무 걱정하지 마세요, 하며 내 등을 쓸었지.

결석 열흘 만에 너를 학교로 데려온 분은 예은이 엄마였어. 다른 학교에 다니는 친구였던 예은이가 너랑 서현이와 함께 가출을 했는데, 예은이 엄마가 너희를 찾아오셨다고 하더라. 새벽녘까지 얘기를 주고받은 끝에 당신이 당분간 너와 서현이를 거두어 딸처럼 한집에서 지내기로 하셨다며, 아침저녁 차로 너를 학교에 데려다주겠다고 하셨어. 참 고마운 분이더라.

결석 일수는 벌써 60일을 넘기고 있었지만, 넌 다시 마음을 다잡는 듯했어. 아버지에게도 예은이 어머니에게도 학교에 잘 다니겠다는 다짐을 말하고 넌 한동안 꾸준히 학교에 나왔지.

그날은 토요일이었고, 오전 수업이 있었는데 나는 이사를 하느라 휴가를 냈어. 오후에 김 선생님의 전화를 받으며 나는 무척이나 자책하게 되었지. 김 선생님이 우리 반에서 있었던 일을 걱정스레 전해주셨거든.

학생회의 건의에 따라 토요일 자유복 등교가 시행된 지 그날로 한 달쯤 되었지. 1교시 과학 시간 종이 치고 조금 지나 교실 뒷문이 드르륵 열렸어. 네가 빨간 끈나시 티에 흰색 3부 바지를 입고 껌을 질겅질겅 씹고 있었어. 수업을 진행하던 과학 선생님이 네 그런 등장에 한마디 하셨어.

"늦게 왔으면 조용히 들어와 앉아야지. 껌도 당장 뱉고. 학교 오는 학생이 옷차림은 그게 뭐냐? 어디 나가는 것도 아니고……."

"무슨 상관이야! 내 옷이 뭐가 어때서!"

네가 눈을 희번덕이며 말했어.

과학 선생님이 너에게 다가서며 말씀하셨지.

"수업 시간에 늦게 온데다 선생님이 복장에 대해 지도한 걸 가지고 반말까지 하며 대들어? 너 정신 좀 차려야겠다."

선생님은 차분히 가라앉은 목소리로 말씀하셨지만 어린 맹수처럼 너는 선생님에게 달려들었어.

"내가 무슨 방해라도 했다구! 미친 새끼!"

네가 옷자락을 움키고 흔드는 바람에 과학 선생님의 와이셔츠 단추가 떨어졌어. 거칠게 발길질을 해대는 너를 선생님이 붙잡으며 말렸지만 넌 좀처럼 진정이 되지 않았어. 사태가 심상치 않자 과학 선생님이 회장에게 생활지도 담당 교사를 찾아오게 하셨어. 놀라서 뛰어온 장 선생님이 너를 학생부로 데려가셨지.

나는 그날 저녁 과학 선생님에게 전화를 드렸어. 선생님 목소리는 평소의 유쾌함이나 친절한 기색이 싹 가셔 있었어.

"오십 평생 학생들 앞에서 그런 모욕을 당해보긴 처음이에요. 선생님과 긴말하고 싶지 않네요. 지유를 보는 것은 물론이고, 앞으로 2학년 3반 수업도 할 수 있을지 걱정입니다."

이삿짐을 정리하다 말고 컴퓨터 자판을 꺼내 몇 번이나 내용을 지워가면서 과학 선생님에게 편지를 썼어.

선생님이 겪으신 분노나 모멸감을 감히 어떻게 제가 헤아릴 수 있을까요……. 그래도 한 번만 지유를 만나주세요. 지유하고 긴 통화를 했는데, 그날 집에 갔다가 아버지랑 한바탕하고 나오던 길이었다고 그래요. 선생님께 한 잘못에 대해서 지유도 뉘우치고 있어요. 그렇게 충동적이면 안 되었던 건데, 평소에 친절히 대해주셨던 선생님께 공연히 분노를 쏟아냈다구요. 지유는 이미 유급도 했고…… 전학 와서 힘들지만 천천히 저희 반에 적응하고 있어요. 만에 하나 이번에 학교에서 잘리게 되면 이 학생은 어디로 갈 수 있을까요?

월요일 아침, 나는 과학 선생님을 찾아가 편지를 건네고 무릎을 꿇으며 다시 한번 용서를 청했어.

"이 선생, 왜 이래요? 일어나요. 이건 교권에 대한 모독이고 사안은 원칙대로 처리해야죠."

"예. 선생님, 원칙대로 처리해야죠. 그래도 선생님 마음이 더 중요하지 않나 싶어서요. 제가 정말 힘든 요청 드리는 거 알아요……."

너 또한 교복을 잘 갖춰 입고 1교시가 끝난 즉시 과학 선생님에게 가서 머리를 조아렸지.

선도위원회 결과, 너에 대한 강제 전학 결정이 내려졌어. 학생부장 선생님이 내게 네가 다닐 사회봉사기관을 알아보라던 참이어서 나는 강제 전학 조치까지는 내려지지 않으리라 기대했는데, 교권에 대한 모독이라는 점이 여지를 두지 않게 한 모양이었어. 나는 재심을 요청하며 다시 선도위원 선생님들에게 편지를 써서 돌렸지.

이틀만 결석해도 유급이 되는 상황에서 지유를 강제 전학 보내는 건 사실상 퇴학 조치나 다름없습니다. 친부모도 아닌 예은이의 어머니가 지유를 먹이고 재우는 것은 물론 매일 등하교를 돕고 있습니다. 우리 교사들도 다른 학교로 지유를 떠나보내는 대신 한 번 더 마음을 돌이켜줄 수는 없을지요. 그 많은 잘못과 그 많은 서투름과 그 많은 불성실에도 불구하고 저는 세상에 나오자마자 가장 소중한 어머니와 떨어진 뒤 어디 한곳 마음 붙이지 못하고 상처를 쌓아왔던 지유가 D중에서 다시 외면받는 아픈 상처를 겪지 않았으면 합니다. 잘못을 뉘우치고 용서를 청하는 지유 학생에게 부디 무거운 처벌을 거두어주시기를 요청합니다. 그리하여 '응분의 대가'가 아니라 '관대함'을 통해 마음 깊이 반성하고, 이해받은 만큼의 용기를 얻으며 학교생활을 이어갈 수 있도록 해주십시오. 우리의 용서가, 거칠지만 나약한 한 학생이 자신을 돌이켜 세워내는 계기가 된다면, 어떤 처벌보다도 더 강력한 '선도'의 방편이 되지 않을까요? 담임으로서 저도 앞으로 지유 곁에 더 머물며 손잡는 교사가 되겠습니다. 함께 격려해주십시오.

다행히 너에 대한 강제 전학 결정은 거두어졌어. 한 번은 더 기회를 주자는 쪽에 더 많은 선도위원들이 마음을 기울여주셨지. 하지만 그 후에도 과학 선생님을 뵈면 나는 퍽이나 위축되곤 했어. 내가 그런 상황에 놓였어도 감정적인 동요며 상처를 깊이 겪었을 것 같았어. 어른이라는 이유로 상처를 더 많이 감수해달라고 요청하는 것은 온당한 일일까. 처음 임용 당시, 교육청 장학사가 발령장을 주면서 어떤 교사가 되고 싶으냐고 물었을 때 나는 '한 명도 포기하지 않는 교사'라는 답을 했었지. 그런데 과학 선생님에게는 내 젊은 날의 언설을 훼손하지 않으려 당신의 상처를 외면하는 야멸찬 후배가 아니었나 하는 생각에 괴로웠어. 선생님들의 시선은 내게도 네게도 썩 우호적이지만은 않았어. 그러나 네가 D중의 울타리 안에 함께하기를, 2학년 3반 안에서 같이 해온 나날이 너의 삶에 녹아들며 익어갈 수 있기를 바라주는 분들도 여럿 있었어.

방학 한 달 전부터 학생들은 여행을 가자고 보채었지. 나는 우리 반 구성원들의 친화력과 적극성에 기대를 걸고 2박 3일, 그것도 매 끼니를 해 먹는 일정을 기획했어. 여행지는 선배 원로 교사 박 선생님이 추천해주신 생활학교로 택했어. 강화도에 있는 그곳은 모 출판사 대표가 직접 운영하는 캠프 공간이었어. 내가 답사를 간다니까 박 선생님이 직접 운전을 해서 함께 가주셨어. 생활학교 교장 선생님은 박 선생님과 교육 연구모임에서 인연을 맺으셨다는데, 박 선생님이 차를 끌고 가지 않았더라면 당장에라도 막걸리를 나눠 마시며 회포를 푸실 듯싶더라.

나는 답사하고 온 생활학교가 퍽 낭만적인 공간이더라고, 건물 안에 열댓 명은 충분히 잘 수 있고, 마당에 텐트를 치고 누우면 별빛이 쏟아지는 걸 보며 밤을 보낼 수도 있다고 전하면서 아이들을 기대에 부풀게 했어. 20여 명이 여행을 가기로 했고, 조를 짜고 준비물을 나누며 아이들은 한껏 들떴어. 난 네게는 특별히 더, 같이 가자고 청했어. 넌 처음에는 썩 내켜 하지 않는 듯했어. 그러다 혜주와 성미가 졸라대고 재현이가 꼭 와서 김치찌개를 끓여주어야 한다고 보채자 피식 웃으며 시간을 맞춰보겠다고 했지.

여행 며칠 전에 생활학교 교장 선생님이 연락을 주셨어. 긴 장마와 폭우로 생활학교 내부가 일부 물에 잠기어 손보아야 할 곳이 많아졌다며 그래도 일정을 강행해야 한다면 출판사 건물을 숙소로 내주겠다는 말씀이셨어. 나는 아이들과의 약속을 취소할 수는 없었기에 덥석 감사하다며 일정을 그대로 진행하겠다고 했지.

장마 때문에 조바심을 내던 아이들은 여행 전날부터 개어 쨍쨍해진 햇볕 아래 득의만만 여행길에 나섰어. 동네에서 강화까지 오가는 버스가 있었고 그 정류장이 집합 장소였지. 코펠이니 아이스박스니 침낭까지 저마다 잔뜩 짐을 메고 버스에 올랐어. 전세버스가 아니라고 그리 강조했건만 아이들은 노래를 흥얼거리고 게임하고 과자를 흘리다가 운전기사님에게 핀잔 들으면서 강화 터미널에 도착했어. 생활학교 교장 선생님이 트럭을 몰고 나와 우리를 숙박지까지 데려다주셨지.

푹푹 찌는 날씨였어. 트럭 위에서 머리카락을 날리며 시골 바람을 맞을 때까진 아이들은 무척 상기되어 있었어. 그러나 목적지에 도착해서 오래된 옛집을 고쳐 지은 한옥의 대청마루에 올라앉으며 아이들은 불평을 쏟아냈어.

"악, 거미다!"

세리가 고함을 질렀어. 그러자 정윤이는 뱀도 나오는 거 아니냐며 왜 이런 데로 왔느냐고 짜증을 냈지.

"우리 할머니네 동네에도 이런 집 많은데……."

네가 한마디 했어.

몇몇 남학생들은 거미쯤이야 아무것도 아니라며 마당에 놓인 평상에 벌렁 드러누웠어. 각자 싸온 도시락으로 점심을 간단히 먹은 뒤, 생활학교 선생님이 너희를 계곡으로 데려가주셨어. 큰물 뒤라 안전을 고려하여 깊지 않은 곳을 선택했는데, 뭐 이건 초딩용 아녀요, 그러던 아이들도 발목을 담그고 가재를 잡고 물을 튕기며 차츰 즐거워했지. 혜주와 준호는 그 와중에 무릎이 까졌지만 아픈 티도 안 내고 다른 애들 노는 광경을 웃음 머금고 보다가 개울물에 담가두었던 수박을 함께 깨 먹으면서 신나했어.

저녁엔 조별로 정했던 요리에 더해 삼겹살 파티를 했어. 조금 태우긴 했어도 간은 잘 맞춘 김치볶음밥이며 카레며 소시지 채소 볶음이며 첫날 저녁은 그런대로 성찬이었어. 아이들이 고기 앞에서 일치단결, 상추 가득 쌈을 해서 서로 입에 물려주며 신나하는 걸 보시던 생활학교 선생님이 너털웃음을 지으셨지. 이 녀석들 이토록 팔팔하게 정다운 아이들이었군요, 하시며. 설거지가 대충 마무리되자 아이들과 어울리고 싶어 하시던 생활학교 선생님이 기타를 퉁기셨어.

"아무리 우겨봐도 어쩔 수 없네/저기 개똥 무덤이 내 집인 걸……."

아이들은 거미줄 치렁하게 걸린 마루에 처음 앉았을 때처럼 생뚱하단 표정이었지. 내가 몇 소절 더 따라 하고 준호랑 네가 박수를 쳤지만 분위기가 영 썰렁해서 선생님은 노래를 다 마무리하지 못하셨어. 나는 강화도살이며 책에 대한 얘기라도 어떻게 꺼내볼까 했지만, 머쓱해진 선생님은 내일 아침엔 갯벌에 가자시곤 이내 댁으로 돌아가셨어. 그 후 아이들은 MP3를 틀고 노래를 부르며 밤새 수다 떨고, 몇몇은 별을 본다며 모기에 잔뜩 물리다가 늦게야 잠이 들었어.

여행 간 다음 날 늦잠 자는 아이들 모습이야 여러 번 보았지만, 징그럽게도 안 일어나는데다가 누군가가 출판사 서가 한쪽에

씹던 껌을 떡하니 붙여놓은 걸 보고 난 머리끝까지 화가 치밀었어. 출판사 건물까지 빌리며 캠프를 강행했던 나 스스로를 나무랐지. 그때 일찍 일어난 네가 안 일어나는 애들을 흔들고 발길질을 하며 깨웠어. 넌 아이새도에 마스카라까지 찍어 바르며 비치 메이크업을 완성하고 행렬의 선두에 섰지.

쾌청한 하늘 아래 한참을 걸어 우린 갯벌에 도착했어. 폭신한가 하고 디디면 위태로이 휘청거리고, 보드랍고 간질간질한가 하면 질척 달라붙어 삼켜버릴 것 같은 뻘밭에서 배고픈 것도 잊고 아이들은 게도 잡고 큼직한 돌 아래 누워 뜨듯이 몸을 담그기도 하고 또 용감한 몇몇은 온몸에 머드팩을 했어. 아이들이 갯벌에서 한참을 노는 동안 생활학교 선생님은 어머니께서 손수 싸주신 감자를 찌셨지. 근데 그걸 받아들고 세연이가 대뜸 "고구마는 없어요? 전 감자보다 고구만데." 천연히 말하는 거야. 난 또 민망해서 얼굴이 붉어졌어. 감자로는 영 흡족하지 않았던지 너흰 다시 선생님이 끓여주신 라면을 훅훅 들이켜고서야 생기를 되찾더구나.

혜주가 말했어. 머리에 진흙이 잔뜩 묻어서 잘 떨어지지도 않고 찝찝했는데 지유 언니가 애들 한 명 한 명 머리를 말끔히 씻겨주었어요. 언젠가 미용사가 되고 싶다고도 했었지, 너는. 내게 두피 마사지를 해준다며 손으로 머리를 눌러주는 품이 미용실 언니 실력 못지않던 기억이 나더라. 다른 아이들과 겨우 한 살 차이인데, 너는 어린 동생들을 대하는 맏언니처럼 보였어. 일찍이 세상살이의 풍파를 겪고 잠시 고향에 돌아와 눈깔사탕 몇 개에도 흐뭇해하는 동생들을 보면서 피로를 잊는. 아직까지 네가 겪는 세계와는 유리된, 볼살 발그레한 소녀들 곁에서, 더 많은 굴곡을 품은 네 삶이 어쩌면 서슴없이 몸을 씻기고 짜증을 받아주는 엄마 같은 마음을 내게 한 걸까.

저녁 식사 후에는 캠프파이어를 했어. 모닥불 너머 마주 앉아 우린 한결 오붓해졌지. 생활학교 선생님이 장작을 넉넉히 마련해주셔서 아이들은 저마다 한 토막씩은 지폈어. 한참 타오르던 불꽃이 사그라들 즈음, 아직도 아쉬움이 남았는지 희웅이랑 재현이가 장작을 더 받아와 지펴서 그날 우리는 오래도록 불꽃을 지켜볼 수 있었지. 아늑하고 노곤하고 정결한 밤. 밑불이 되어 몸을 사르는 장작, 단단해서 늦게 붙지만 중심이 되어 타는 장작, 젖어서 가망 없이 보이다가도 마른 장작이 활활 타자 그 곁에 몸을 맞대어 함께 타오르는 장작……

백무산의 시를 노래로 만든 〈장작불〉을 떠올리며 나는 불꽃 너머 어른어른 비치는 아이들의 얼굴을 바라보았어. 푸른 밤공기 아래서 우리가 서로를 부둥켜 가없는 원이 되고 한 찰나 우주를 팽창시키는, 혹은 머나먼 시공간 뒤 누군가에게 별무리로 가닿는 그런 상상에 젖었지. 12시가 넘어가자 몇몇은 숙소로 들어갔어. 잠시 자리를 비우는가 했던 너는 또 누군가와 통화를 하고, 아껴두었던 담배도 슬쩍 피우고 와서는 그 장작불 곁에 끝까지 함께 있었어. 생활학교 선생님이랑 진지하게 얘기도 나누는 것 같더라. 한두 개밖에 남지 않은 장작마저 사그라지려 하자 너는 다시 불꽃을 헤집었지. 불꽃을 담는 네 눈동자에 비치던 영롱함이 지금도 떠오르는구나.

다음 날 아침에는 나도 인내심을 발휘해 아이들에게 실컷 늦잠을 재우리라 생각했어. 결국 점심이 다 되도록 출판사 내부 청소에 꾸물거리고만 있는 아이들을 보고 또 소리를 빽 질렀지만. 아이들은 부모님이 바리바리 싸 보내주신 식재료며 반찬들은 다 먹지도 못한 채 3분 카레니 컵라면 따위로 늦은 점심을 먹고는 생활학교 선생님의 트럭으로 강화 읍내까지 나왔어. 한낮의 더위에 지쳐 고맙다는 인사도 제대로 드리지 못한 채 서울행 버스에 오르는 너희를 향해 생활학교 선생님은 오래 손을 흔들어주셨지. 버스 안에서 다들 조느라고 이번에는 기사님에게 핀잔 들을 일은 없었어.

우리 동네 정거장에 도착하고 드디어 해산, 나는 수고했다며 집에 가서 잘 쉬라고 인사를 했지. 그런데 갑자기 생기를 되찾은 아이들이 합창하듯 "선생님, 우리 겨울방학 때 또 가요!" 하는데 내 가슴이 덜컥 내려앉는 거야. 그런 식의 학급 여행은 다시는 못할 것 같았거든. 준호는 내 표정을 보더니 씨익 웃었고, 네가 말했지.

"선생님, 정말 수고 많으셨어요. 선생님도 방학 때 잘 쉬세요!"

그 여름이 어떤 아이들에게는 성장의 변곡점이었을까. 개학후 만난 몇몇 아이들의 얼굴에는 미세한 변화, 불균형한 성장이 비어져나와 보였어. 혁원이는 어느덧 콧수염을 이따금씩 면도한다고 했고 매사 즐겁기만 하던 까불이 기용이는 종종 뻗대고 고집을 부리면서 삐딱선을 탔지. 반에 두세 커플이 생겨서 그것이 또 새로운 이벤트가 되었어.

너는 예은이네 집에서도 나왔지. 본가에 자주 들르겠다는 약속을 전제로 아버지를 설득해서 학교에서 멀지 않은 곳에 월세방을 얻었어. 빛이 꽤 잘 들어오는 그 옥탑방에 나도 두루마리 휴지 한 묶음을 사들고 가보았어. 누군가 한 칸의 방을 갖는다는 것은 두려움과 자유, 북적임과 외로움 그 어느 사이에 기대어 자신의 세상 속으로 침잠할 수 있는 자리를 마련하는 일. 그 옥탑방에선 학교 근처 풍경이 오종종히 보였어. 자그마한 창일지라도 고층건물에 가로막힘 없이 계절마다 변화하는 풍경을 담아낼 수 있겠다 싶어 나는 다행이라 여겼어. 그 방에서 네가 어우르고 가꾸는 삶이며 만남들, 사건들…… 그런 건 다 짐작할 수 없었어.

2학기를 보내며 내 마음은 조금 더 다급해졌지. 학생부장 선생님은 이제 대놓고 "지유 걔, 출석 일수 아직 남았나? 너무 애쓰지 말아요." 그러면서 내게 딱하다는 시선을 보내셨어. 난 부모님처럼 깨우는 역할은 가능한 안 하고 싶었지만, 몇 번은 네게 모닝콜도 했어. 아, 선생님. 이제 가려구요. 하지만 2교시, 3교시가 지나도록 너는 오지 않았지. 점심시간에 네 방에 가보았어. 서현이가 문을 열어주더라. 너는 교복이며 넥타이까지 다 챙겨 입은 채 큰 대자로 엎드려 자고 있었어. 선생님, 제가 꼭 챙겨 보낼게요. 서현이가 말했어. 6교시가 되어서야 너는 학교에 왔지.

그럼에도 네 편이 되어주는 여학생들의 결합은 강화되었어. 특히 성미는 너의 반경에 한층 가까이 다가가 있는 듯 보였고. 그즈음 성미는 부쩍 멋을 냈는데 아이들의 말에 의하면 담배도 피워본 것 같더라.

"선생님, 지유 언니, 오늘 아파서 학교 못 나온대요."

"지유한테 연락 온 건 없었는데……."

"아, 언니 휴대전화가 정지되어서요. 제가 아침에 언니한테 들렀다 오는 길이에요."

화가 올라왔어. 앞으로 두 달은 더 남았는데, 이틀만 빠지면 제적이 되는데, 다시 결석이라니. 아슬하고 위태로운 건 마스카

라로 속눈썹을 빗어올린 성미의 커다랗고 검은 눈동자가 아니었어. 너와의 끈을 잡고 있던 내 마음이 조난하는 듯했어.

"성미야, 네가 지유를 도와주는 건 참 고맙다. 근데 지유도 스스로 일어서야 해. 학교를 정말 다닐 건지, 다닌다면 왜 다닐 건지, 어떻게 자기 생활을 바꿀지 고민하고 결정해야지."

누구를 향한 말인지 불분명하게 중얼거리고는 나도 모르게 한숨을 내쉬는 내 얼굴을 성미는 찬찬히 살폈지. 그다음 날부터 성미는 반 아이들 몇과 아침마다 너를 깨우러 갔어. 그렇게 아이들이 널 깨우고 나서 아침 조회 시간에 맞추어 들어온 뒤에도 너는 또 한두 시간을 넘겨 등교하곤 했어. 점심시간까지 안 오면 아이들은 외출증을 끊고서 옥탑방으로 가서 널 데려왔어.

종업식 날이었어. 방송으로 나오는 교장 선생님의 훈화가 끝나도록 네가 나타나지 않자 성미가 물었어.

"선생님, 언니 오늘 안 나오면 3학년 못 올라가는 거 아녜요? 아까 들렀을 때 일어났다고 했는데……."

"기다려봅시다."

성적표며 상장 들을 배부하고 마지막으로 학급 문집을 나누어줄 때였어. 드르륵. 그렇게 문이 열렸어. 숨을 헐떡이며 뛰어온 네게 아이들이 박수를 쳤지.

방문객

141

그날은 내겐 D중에서 아이들과 갖는 마지막 종업식이었어. 여자, 남자 회장들과 함께 교실의 남은 물건들을 정리하는 동안 너도 같이 교실 곳곳의 게시물을 뗐지. 2학년 3반의 권리와 의무도.

"지유야, 이제 선생님은 다른 학교로 간다. 3학년 때도 잘 지내렴. 또 연락하자."

"아…… 선생님, 연락드릴게요……."

서운함이야 순식간에 밀어내는 습관이 배인 너는, 잠시 흔들렸던 눈빛이 민망할 만큼 환하게 웃었지. 내 손을 꽉 잡고서.

그 후 네가 3학년을 못다 채우고 학교를 떠났다는 소식을 D중 선생님들에게 들었어.

"이 선생, 모든 학생이 학교를 졸업해야 하는 건 아니잖아. 지유는 나름 생활력 있는 아이니까 너무 염려 마."

그래, 나도 누구나 학교를 다녀야 한다든지, 모두가 졸업장을 따야 한다든지 그런 생각은 하지 않았어. 다만 어디에 네가 발붙일 땅이 있을까, 손을 내미는 이들이 있을까, 소용도 없는 걱정이 내 마음을 휘감았어.

네게 마지막 콜을 받은 건 그 뒤 1년쯤 되었을 때인 것 같아.

"선생님, 지유예요!"

번다한 하루를 보내고 퇴근한 저녁, 난 피로감에서 반짝 깨어나 가슴을 두근거렸어.

"지유! 잘 지내니? 지금 어디야?"

"맥줏집이에요. 저 서빙 알바 하고 있어요."

그때 왜 그랬을까. 내 목소리는 조금 풀이 죽었어.

"그렇구나……."

다만 알바를 하고 있었을 뿐이었는데, 대체 난 네게 뭘 기대했던 걸까. 고백건대 얼마간 통속적인 실망감이 내게 스쳐갔고, 넌 그걸 놓치지 않은 것 같았어.

"선생님도 잘 지내시죠?"

네 목소리도 한결 생동감을 잃은 채 의례적인 안부의 말로 전화를 맺었지. 그 후 한동안 회오에 차서 생각했단다. 네게서 다시 연락이 온다면 달리 통화할 수 있을 텐데.

'만일 하루 동안 ○○가 될 수 있다면'이라는 주제로 짧은 글쓰기를 했을 때, 너는 '하루 동안 그대의 신발이 되고 싶다. 그대가 어디서 무얼 하는지 어디를 다니는지 알 수 있고, 그대의 발만이라도 함께하고 싶기 때문에……'라고 썼지.

언젠가 나는 꿈에서 헐벗은 발로 쏘다닌 적이 있어. 너는 지금 누구의 신발이 되고 있는지? 그렇게 함께하고 싶은 소중한 이를 다시 만났는지? 그보다 끝내 네 발을 품어주지 못한 어색한 신발들, 네가 사랑하려 했던 가족, 학교, 이 세상을 원망하지 않고 너만의 길을 걸어가고 있는지?

부서진 네 마음이며 그 갈피를 더듬지 못하고 겉돈 채,

너를 끝내 환대하지 못했던 선생님이,

바람 이는 저녁, 어느 모퉁이를 돌아가는 네 뒷모습을 떠올리며 이 글을 쓴다.

쓴맛 단맛

E중 구성원들은 화목했다. 아침 교무실에서는 서 선생이 내리는 핸드 드립 커피를 나눠 마시며 살가운 수다가 펼쳐졌고, 방과 후 이따금 황 선생이나 김 선생이 가사실에서 부침개니 멸치국수니 만들면 온 부서 교사들이 들러 벅적한 시간을 즐겼다. 교사들의 모임은 쉬이 자정을 넘겼고 짙은 취기 속에서 격정 가득한 대화가 오갔다. 때때로 노래방에서 열띤 가무 판을 벌이기도 했다. '등이 휠 것 같은 삶의 무게여, 가거라…… 내 하나의 사람아……' 온몸을 흐느적거리며 절규하는 안 선생의 노래며 춤사위는 백미였다. 그런 E중에서의 한때는 이에게 얼마간의 외로움 끝에 충일한 기쁨을 맛보았던 시절로 기억되었다.

E중에서 처음 이가 맡은 일은 도서관 업무였다. 도서관은 장서도 잘 갖추어진 편이었고 접근성도 좋아서 쉬는 시간이나 점심시간이면 학생들로 북적였다. D중에서도 도서관 업무를 맡았던 만큼 이는 애정을 갖고 E중 도서관을 운영했다. 도서관에서 할 수 있는 일은 무진했다. 이는 독서 토론회, 독서 신문 발행, 도서관 캠프에 더해 학부모를 대상으로 분기별 인문교양 아카데미를 기획했고 학생들을 위한 영화 상영회며 교사들을 위한 북카페 모임을 정기적으로 개최했다. 여름방학에는 강화도로 1박 2일 독서문화 기행을 다녀왔고, 학년 말에는 시 낭송과 음악 연주, 독서퀴즈대회 들을 엮어 도서관 작은 축제를 열었다.

"이 선생은 자꾸 새로운 일을 벌여야 안심이 되나봐. 살살 해, 몸 살피면서."

주변 교사들이 이에게 건네는 말이었다. 그랬다. 씨앗을 뿌리는 일, 소소한 일들에 특별함을 더하는 일, 군이 학교에서 필요한 일인가 싶지만 학교니까 더욱 해볼 만한 시도나 실험 등에 이는 마음을 두곤 했다. 그러나 그것은 잔잔한 물결에 파도를 일으키는 일, 일상에 피로를 더하는 일, 함부로 동료들의 도움이나 희생을 요구하게 되는 일이기도 했다. 평온한 E중에서 이는 홀로 버성겨지는 느낌이 들었다.

같은 업무를 2년 이상 하지 않도록 하는 인사자문위원회 규정에 기대어 이는 이듬해엔 도서관 업무를 내려놓았다. 새로 맡게 된 건 교육복지 업무였다. E중은 형편이 어려운 학생들이 많아 '교육복지 우선지원사업' 대상 학교로 지정되어 있었다. 이에게는 낯선 업무였지만 기왕에 지원받는 수천만 원의 예산을 어려운 학생들을 위해 의미 있게 집행할 수 있다면 해볼 만한 일이라고 생각했다.

이는 교육복지부장 전선희 선생과 지역사회전문가 차혜나 선생을 2월 내내 만나며 교육복지사업의 방향과 내용을 토의했다. 전선희 선생은 학생들을 보듬는 마음이 깊고 따뜻한 사람이었다. 토의하는 내내 '왜 그 일을 해야 하는가' 묻기보다 '어떻게 그 일을 함께할 것인가' 귀 기울여주는 전선희 선생의 태도는 이의 마음을 한결 푸근히 녹아내리게 했다. 20대 중반의 차혜나 선생은 무슨 일이든 기꺼이 시작하려는 용기와 활력으로 토의에 생기를 더해주었다. 이는 두 사람과의 협업이 즐거웠다.

수차례 회의를 거듭하여 E중 교육복지부에서는 심리적 어려움을 겪는 학생들을 위해 각종 상담 프로그램을 최대한 늘리는 것, 학생들의 기와 끼를 살리기 위해 문화예술 동아리를 지원하고 문화 체험을 확장하는 것을 사업의 목표로 세웠다. 기존에 있던 밴드반, 댄스반 외에도 난타반, 연극반, 공예반, 메이크업반, 텃밭 가꾸기반, 건강한 식생활 체험반 등을 신설했고 활동의 밀도를 높이기 위해 문화예술 동아리에 전문 강사를 연결했다.

교사들의 협력과 이해가 바탕이 되지 않으면 욕심껏 꾸린 사업도 잠깐 그럴듯해 보이다가 쉬 허물어지고 만다는 걸 도서관 업무를 하면서 절감했던 이는 교사들을 한 명 한 명 찾아다니며 동아리 지도교사를 맡아달라고 부탁했고, 몇몇 교사들이 동아리 지도교사로 기꺼이 나서주었다. 차혜나 선생은 교육복지 대상 학생들을 하나씩 만나며 가장 적절한 동아리와 연결시켰다.

"전 선생님, 연극반은 아무래도 제가 맡아야 할까봐요. 아직 하시겠다는 분이 없어서……."

"이 선생님은 업무 담당자로서 전체 사업을 챙기기도 바쁠 텐데…… 그래도 선생님이 맡아주면 좋죠. 우리 사업의 취지를 살려서 꾸러기들을 모아서 해보는 게 어때요? 3학년 학생들이 좋겠네요. 작년에 2학년 수업 했으니, 학생들 잘 알잖아요. 졸업하기 전에 학생들한테 특별한 경험이 될 것 같은데……."

이는 버거워했던 몇몇 학생들의 얼굴을 떠올려보았다. 물론 '수업만 하지 않는다면' 그 학생들과 나름 좋은 관계로 만날 수 있었다. 꾸러기들 대부분이 평범함을 넘어서는 유쾌발랄함을 가졌으며, 표현하고 싶은 혹은 표현해야 할 감정들을 더 많이 품고 있지 않은가. 하지만 그들은 또 이가 다 헤아리지 못하는 상처의 더께를 지니고 있기도 했다. 꾸준한 협력과 훈련이 밑받침되어야 할 연극을 그들과 해낼 수 있을지 자신이 없었다. 그런데도 전선희 선생은 말간 눈빛으로 이의 얼굴을 한참 들여다보았다. '예.' 할 것은 '예.' 하고 '아니요.' 할 것은 '아니요.'라고만 답하라 했던가. 궁상스럽게 이유를 댈 상황은 아니었다.

"한번 해볼까요? 연극반이 너무 거창하면 그냥 연극놀이반으로 하죠. 그 친구들과 일주일에 한 번씩 만나서 노는 것만 할 수 있어도 좋은 일이죠."

이는 문예체 지원 프로그램(문화예술교육 활성화를 위해 전문 문화예술강사를 파견·지원하거나 관련 예산을 지원하는 프로그램) 등을 통해 연극놀이 수업을 해보았으니 역량 있는 전문 강사를 섭외해 도움을 받는다면 프로그램 내용이야 어찌어찌 채워지리라 생각했다. 그런데 과연 학생들이 연극반이든 연극놀이반이든 동의하고 모이기는 할까? 이는 다음 날부터 복도에서 마주치는 3학년 학생들을 볼 때마다 유심히 시선을 던지며 은근히 미소 지었다. 이렇게도 사랑스러운 학생들이었나. 채 다 가시지 않은 담배 냄새를 풍기며 종 치고 뒤늦게야 교실로 향하는 뒤통수들이 한동안 이뻐 보였다.

제일 먼저 만나본 학생은 준혁이였다. 준혁이는 2학년 1학기 말에 이의 반으로 전학을 왔다. 축구에 소질이 있어서 축구부가 있는 학교로 진학했다가 E중으로 오게 되었다. 고된 훈련 외에도 축구부 내 횡행하는 폭력에 스트레스를 많이 받았던 모양이었다. 눈꼬리가 살짝 올라간 자그마한 준혁이의 얼굴은 꽤 귀여운 반면 어딘가 묘한 긴장감을 지니고 있었다. 그런데 전학 온 지 2주 만에 학생부장이 준혁이를 이에게 데리고 왔다.

"교내 순시하다가 이 녀석한테 담배 냄새가 심하게 나서 불러세웠죠. 점심시간에 굳이 가방까지 메고 있기에 가방을 열게 했더니 담배 두 갑이 나오더군요. 이 녀석이 친구들 담배 전달책까지 하는 것 같아요."

학생부장이 나간 후 이가 준혁이에게 물었다.

"담배, 하루에 몇 대나 피우니?"

누구를 위해서일까, 준혁이는 애써 거짓말을 했다.

"저 담배 안 피워요. 그냥 친구가 좀 맡아달래서 제가 대신 가지고 있었어요……."

"그렇구나. 벌써 친구들 많이 사귀었나보네……."

그해 이의 반 구성원들은 비교적 무난했다. 준혁이 역시 수업에 잘 참여했고 예의 바르고 깍듯한 태도를 보여주었다. 반에서 준혁이와 담배를 나눌 만한 학생은 보이지 않았으니, 그렇다면 준혁이에게 담배를 맡겼다는 친구는 다른 반의 잘나가는 학생인 것이다.

"예. 여기 학교에 좋은 애들 많더라고요."

눈썹을 모아 세우고 잠시 머뭇거리던 준혁이가 서글한 말투로 답했다.

"그런데 친구들이 담배 피우면 아무래도 같이 피우게 될 기회가 늘어나지 않을까?"

"아, 친구들이 피워도 저는 안 피울 수 있어요."

단호한 말투 때문에 이는 어쩌면 진심일 거라 믿을 뻔했다.

"그래. 다음에 또 이런 일로 오는 일 없었으면 좋겠다. 만에 하나 네가 흡연한다면 건강을 위해 금연하도록 도움 받을 수 있는 방법을 알려주려고 했는데……."

"어떤 방법인데요?"

준혁이가 호기심 어린 눈빛으로 물었다.

"필요할 때 알려줄게."

이는 눈을 찡긋하며 준혁이를 돌려보냈다.

이가 수년 전 D중에서 1학년 여학생 두 명과 시도했던 그 '방법'이란, 학생들이 매 쉬는 시간마다 이의 자리로 와서 각자 1.5리터 페트병에 채워진 생수를 마시도록 하는 것이었다. 생활지도 전문가인 선배 교사로부터 들었던 그 방법은 학내 흡연을 막는 데는 어느 정도 성공하는 듯싶었다. 하지만 방학을 하면서 사랑이는 이전보다 더 담배를 피우게 되었다. 담배를 피울 수밖에 없는 환경이 달라지는 게 없다면 교사와의 약속은 헛돌고 마는 것이다.

이가 가정방문을 했을 때 사랑이의 아버지는 울었다. 몇 평 안 되는 개척교회의 한편에 마주 앉아 이는 아버지의 고달픈 살림에 대해 들었다. 교회에 곁붙은 단칸방에서 여섯 식구가 기거해왔는데, 사랑이의 언니들은 일찌감치 대학을 포기하고 돈벌이에 나섰으며 큰언니는 기숙사 딸린 회사에 들어갔다고 했다. 한겨울에도 세 딸들이 냉수로 머리를 감게 하고 있다고 말하던 그의 지치고 고달픈 이마가 이의 기억에 선했다. 목사로서 지녀온 율법 같은 당위는 팍팍한 생활에 한 번도 편히 지낼 겨를 없었던 막내딸과의 소통을 더욱 어렵게 하고 있었다.

준혁이에게는 어떤 배경이 있을까. 학생에 대한 불신은 교사 멋대로 퍼올리는 기대나 자기만족에서 배태되는 경우가 많다. 이는 있는 그대로의 준혁이의 삶에 다가서고 싶었다.

곧 여름방학이 시작되었다. 이는 가정방문을 이어가며 준혁이의 집에도 가보았다. 새로 지어진 임대 아파트 단지 안에서도 준혁이네는 빨리 입주한 편이었다. 엘리베이터엔 아직 포장재며 각종 전단지가 어수선하게 붙어 있었다. 준혁이네는 자그마한 평수에 단란한 느낌이 아늑하니 좋았다.

"준혁이는 어머니를 빼닮았구나."

이의 말에 준혁이는 씨익 웃었다.

준혁이 어머니는 빠듯한 살림에도 두 형제가 하고 싶은 걸 하게끔 뒷바라지해주고자 전심을 다해 일했고, 그래서 무척 바빴다. 준혁이가 형과 같이 쓰는 방에는 태권도니 달리기니 각종 체육대회에서 딴 상장이며 메달이 즐비하게 전시되어 있었다. 액자 사진 속 준혁이 형은 준혁이보다 인상이 부드러운 호남형이었는데 연기를 전공하며 상업 영화의 조연으로 출연한 경험도 있다고 했다. 그러나 밖에서는 칭찬받고 호감받으면서도 안에서는 위압적이고 자기를 부려먹기에 형은 준혁이에게 어려서부터 늘 스트레스였던 듯했다.

2학기가 되어 다시 만난 준혁이는 적어도 담배를 넣은 가방을 덜렁덜렁 메고 다니다 걸리는 허술한 짓은 하지 않았다. 한두 번은 이도 느껴질 만큼 담배 냄새를 피운 적도 있었으나 이는 흘려보냈다. 훈습이야 담배 피우는 친구들과 함께 있어도 되는 것 아닌가. 그보다 이는 매우 솔직하고 생동감 있는 준혁이의 글에 마음이 끌렸다. 준혁이는 교과서 낭독도 퍽 잘해서, 이는 특히 대화체가 나오는 부분은 준혁이에게 읽기를 주문하곤 했다. 인물에 빙의하여 읽어내는 생기 있고 다감한 그 목소리를 반 학생들도 무척 즐거워했다.

"준혁아, 우리 연극 같이 해보지 않을래? 너 소질 있잖아. 친구들 모아서 연극동아리 꾸려보자."

이는 복지실에서 게임 중이던 준혁이를 보고 말했다.

"연극이요?"

옆에 있던 형민이가 물었다.

"그래, 형민아. 너도 같이 하자. 외모로 보나 카리스마로 보나 무대 위에서 스포트라이트 받으면 장난 아니겠다, 애."

형민이가 쑥스러워했다. 형민이는 지난해에 이가 가장 어려워했던 학생 중 한 명이었다. 이해력도 처지지 않고 감성도 섬세한 편이었는데 수업 시간엔 무기력에 푹 젖어 있는 모습이었다. 엎드려 자는 때가 많았고 가끔씩 휴대전화로 게임을 하다 걸리곤 했다. 반듯하되 무척이나 작은 글씨체에는 위축된 자아가, 빈틈없이 여문 표정에는 섣불리 가까이 오면 가만두지 않겠다는 방어가 깃들어 있었다. 도서관 학부모 인문교양 아카데미에서 이가 만났던 형민이의 어머니는 학부모회 총무로 학교 일에 열심히 봉사하는 이였다.

"형민아, 너 이렇게 엎어져 자는 거 엄마가 보시면 얼마나 속상하시겠니?"

'쾅!'

형민이는 책상을 박차고 일어나 이에게 당장이라도 덤빌 기세였다. 학생들은 부모님 얘기를 꺼내는 것에 무척 민감하다. '울 엄마 걱정을 왜 당신이 하는데.' 형민이의 부리부리한 눈이 성을 내고 있었다. 이는 얼른 물러섰다.

"미안하다. 엄마 얘긴 선생님이 잘못 꺼냈어. 용서해주라."

형민이는 서서히 굳은 얼굴을 풀었다.

'네가 맞아. 엄마가 학교 일 하는 거랑 네가 공부하는 거랑은 전혀 상관없는 일인데.'

그때 이는 속으로 자신을 나무랐다.

"준혁아, 또 누구 같이할 만한 친구 없을까?"

"샘, 저…… 바쁜데요. 엄마가 3학년 됐다고 학원도 다니래요."

"그래……. 근데 바쁠수록 재미난 일을 놓지 말아야지. 작년 국어 수업 시간에 연극 놀이 할 때도 너 되게 잘했잖아? 전문가 초빙해서 진짜 연극 한 편 만들어보자. 샘도 고등학교 때 성당에서 연극했는데, 끝나고 나서 선후배 동기들이랑 끌어안고 펑펑 울었어. 연극처럼 찐한 경험은 흔치 않단다. 준혁아, 형민아, 잘 생각해봐. 샘은 기대만발하고 있을게."

"생각해볼게요."

준혁이와 형민이는 얼굴을 마주 보며 쓱 웃더니 다시 게임에 열중했다.

다음 날, 이는 복도에서 친구들과 치고받으며 장난을 하고 있

쓴맛 단맛

155

던 경석이를 불렀다.

"경석아, 잘 지내지? 너한테 할 말이 있는데 점심 먹고 복지부로 와줄래?"

"무슨 얘긴데요? 지금 해주세요."

"종 칠 때가 다 됐잖아. 이따 와봐. 좋은 일이 있을 거야."

경석이는 머리를 갸웃하면서도 다소곳이 "예." 하고는 친구들에게 돌아갔다.

경석이도 2학년 때 이의 반이었다. 12월 기말고사 후에 전학을 와서 같이 생활한 기간은 길지 않았다. 아버지와 단둘이 사는 경석이는 이전 학교에서 무슨 일이 있었는지 보호관찰을 받으러 간다고 정기적으로 조퇴를 했다. 그 외에도 배가 아프다거나 머리가 아프다면서 자주 이를 찾아왔다. 이가 조퇴 확인을 위해 전화를 하면 경석이 아버지는 한숨을 쉬며 경석이를 바꿔달라곤 했다. 그러면 경석이는 자신이 얼마나 힘들고 진이 빠져 있는지 원인 모를 통증들을 열거하며 한참 아버지에게 호소했다. 공손히 인사하며 두 손으로 조퇴증을 받고 교무실을 나가는 경석이의 모습은 어딘가 애잔했다. 그런 경석이가 3학년이 되고 얼마후 친구에게 의자를 던지며 '난동을 피웠다'는 얘기를 이는 경석이의 담임에게 들었다. 종일토록 책상에 누워 끝나는 중인지 시작종인지 구별하지 못한 채 하루를 견디고, 혹은 견디지 못하고 자신을 방구석으로 처박던 경석이. 그 무력감과 고립 이면에 쌓인 분노나 자책은 또 얼마나 파괴적인 것일까. 이는 경석이 아버지의 한숨을 떠올리며 경석이의 외로움에 대해 생각했다.

"선생님, 저도 사탕 주세요."

교육복지부 문을 열며 경석이가 들어왔다. 복지실에서는 차혜나 선생이 학생들을 위해 사탕이며 초콜릿을 바구니에 담아두는데 그날은 일찍 떨어진 모양이었다. 이는 책상 서랍에서 초콜릿 두 개를 꺼내 건네었다.

"경석아, 연극동아리를 만들려고 하는데 너도 같이하지 않을래? 준혁이랑 형민이한테도 말했고, 다른 친구들도 더 모을 예정이야."

"준혁이, 한대요?"

의외로 관심을 표하며 경석이가 물었다.

"아직 확답은 주지 않았어. 너희끼리 의논해서 친구들도 모으고 그럼 좋을 텐데……."

"애들이 제 말은 잘 안 들어요. 근데 준혁이가 하면 저도 할게요."

경석이는 속 깊은 친구가 아쉬운 상황인 듯했다. 의사소통에 다소 서투른데다 가끔씩 터뜨리는 분노 때문에 경석이는 친구들과 충분히 섞이지 못하는 면이 있었다.

"그래, 적극적으로 생각해보기다!"

"예."

경석이는 예의 공손한 인사를 하고 교육복지부를 나갔다.

며칠 뒤 점심시간에 준혁이가 친구들을 우르르 몰고 교육복지부로 들어왔다.

"선생님, 우리 연극동아리 하기로 했어요. 그럼 막 짜장면도 같이 먹고 그러는 거죠?"

준혁이가 눈을 찡긋했다.

"아무렴, 떡볶이도 같이 먹고."

같이 먹고 같이 놀고 같이 얘기하고 얘기가 되고…… 이는 벌써부터 흡족한 상상을 하며 모인 학생들의 면면을 살폈다.

준혁이랑 형민이, 경석이, 아, 병재도 왔군. 저 녀석, 수업 시간에 대놓고 떠드는가 하면 칼로 책상을 파거나 가위며 볼펜 들을 손으로 돌리다 애꿎은 주변 친구들에게 날리곤 했지. 준영이랑 영호도 작년에 4반에서 어지간히 속을 썩이던 학생들이었는데. 동훈이는 가끔씩 책상에 엎드려 있긴 했지만 무던해 보이지 않았나. 건용이랑 정훈이, 선우는 처음 보는 얼굴들이네.

"진수 샘이 난타반 모집한다고 해서 거기 들어갈까 하다가 준혁이가 연극동아리 얘기를 하길래 같이 해보기로 했어요."

까까머리가 인상적인 선우가 말했다.

"얘들아, 반갑고 고맙다. 그럼 우리 일주일에 한 번씩 무용실에서 보는 거다. 무슨 요일이 좋겠니? 7교시 있는 날은 안 되겠고, 월요일은 댄스동아리가 무용실 쓰니까…… 수요일, 목요일?"

"선생님, 그냥 학원 째게 금요일 7교시 끝나고 모이면 안 돼요?"

"너나 째, 인마. 어떻게 금요일마다 학원을 째냐? 울 엄마가 얼마나 힘들게 일해서 학원비 대주는 건데……."

준혁이가 영호를 타박했다.

학생들의 의견을 모은 끝에 동아리 모임은 매주 목요일 방과후로 정해졌다. 이는 복지실에서 사탕을 한 봉지 얻어다 연극반에 들어온 친구들에게 나누어주었다. 달콤한 시작이었다.

꾸러기들과 연극동아리를 운영하려면 잘 놀 줄 아는 강사가 필요했다. 인근 학교에서 활동했던 경험이 있는 정승혜 선생이 합류하게 되었다. 극작을 전공한 그는 학교 안팎에서 다양한 연극 관련 활동, 치료, 놀이 들을 학생들과 함께해온 이였다. 연극동아리 모임은 매 90분간 20회기로 이루어질 예정이었다. '감정·욕구 알아차리기, 자기 개방, 관계 고찰, 소통하기, 나의 미래' 등을 주제로 한 몸풀기 놀이, 그림 그리기, 마임, 속풀이 대화, 장면 만들기, 토론극…… 이는 정 선생의 수업 계획서를 살펴보며 기대에 부풀었다.

그러나 첫 회기부터 모이는 데만 한 시간이 걸렸다. 준혁이와 선우, 건용이, 동훈이가 먼저 왔다.

"아, 애들 아직 안 왔어요?"

정해진 시간보다 30분이 지나서야 경석이가 무용실 문을 열고 들어왔다. 전날 이가 모임 확인 문자를 보냈음에도 약속한 시간에 운동장에서 공을 차는 학생, PC방 간 학생, 행적이 묘연한 학생이 거의 절반이었다. 기다리던 학생들이 친구들을 찾아오겠다며 나갔지만 30분이 다 되도록 돌아오지 않았다.

"선생님, 학생들 오긴 오는 거죠?"

정 선생이 웃으며 말했다.

"아……, 올 거예요. 샘, 너무 오래 기다리시게 해서 죄송해요."

90분 수업인데 절반 이상이 날아갔군. 이는 부아가 치밀었다. 그러고도 5분이 더 지나서야 한 무리의 학생들이 들어왔다. 떼로 담배 냄새를 풍기며.

"선생님, 짜장면은요?"

"오늘 짜장면 없다. 벌써 수업 한 시간이 날아갔는데……."

"오, 예! 그럼 한 시간만 하고 가는 거네요."

성준영, 속 긁는 건 여전하구나. 이는 난감해하며 정 선생을 쳐다보았다.

"누가 그래요? 여러분 하는 거 봐서요. 열심히 짧고 굵게 할래요, 개기면서 질질 끌래요?"

"짧고 굵게요!"

선우가 말했다.

"짜장면 주면요!"

경석이가 덧붙였다.

정 선생은 전체적인 수업 안내를 한 뒤 몸풀기 놀이를 시작했다. 얼음땡, 쥐와 고양이, 무궁화꽃이 피었습니다, 자리에 앉아 자신의 뇌 그림 그리기. 학생들이 땀을 흘리며 뛰어다니다 자기 자신에게 집중하는 모습을 보자 어느덧 마음이 풀린 이는 중국집에 전화를 걸었다.

짜장면까지 다 먹고 나니 오후 5시 30분이 훌쩍 넘었다. 병재가 무용실 한쪽의 탁구대 위에 누워 포만을 즐기는 동안 건용이와 동훈이는 그릇을 정리해서 밖에 내놓았다. 선우는 먹고 난 자리를 물티슈로 닦았다.

"여러분, 다음 시간엔 일찍 모일 수 있을까요?"

"몰라요."

정 선생의 물음에 병재가 시큰둥하게 답했다.

"너만 일찍 오면 돼, 짜샤!"

정훈이가 누워 있는 병재의 가슴을 퍽 쳤다.

2회기에도 모이는 데 30분 이상 걸렸다. 겨우 프로그램을 시작해서도 얼마 안 되어 또 화장실 다녀온다며 한두 명씩 자리에서 일어났다.

"선생님, 똥 마려워요."

"빨랑 갔다 와."

실은 똥이 아니라 담배가 마려운 것임을 이가 깨닫는 데는 그리 오래 걸리지 않았다.

"너희들, 학교 화장실에서 담배 피우는 건 아니지?"

"아, 선생님, 그럼 길거리에서 피우라고요? 너무하시네. 양들을 막 울타리 밖으로 내쫓고."

선우가 능청을 떨었다. 선우는 잔망스러운 데가 있었다. 막냇동생처럼 살갑게 다가와 자분자분 얘기도 잘 섞었다. 중상위권의 성적에 책도 많이 읽는 편이었다. 중1 겨울방학 때부터 담배를 피웠다는 선우는 언젠가 자신의 애장품이라며 지포 라이터를 보여주기도 했다.

3회기에는 출석률이 절반으로 떨어졌다. 정 선생은 출석률에 일희일비하지 않았다. 학생들을 기다리는 동안에는 어제는 무얼 했는지, 최근의 관심사는 무엇인지 한 명 한 명에게 귀 기울이고, 때로는 무익한 듯 보이는 잡담을 나누며 함께 낄낄대기도 했다. 세 명이 모이자 일단 수업을 시작하고 사물 조각 만들기, 속담 표현하기, 캐릭터 만들기 등 준비한 프로그램으로 학생들이 서로 부딪치며 몸과 마음을 열게 했다. 그러다 4회기째에는 선우만 나와 30분 기다린 끝에(덕분에 선우는 정 선생과 찐한 인생 상담을 했다), 이가 여기저기 전화해보곤 결국 모임을 취소하게 되었다. 이의 마음 한구석에서 짜증 섞인 조급함이 올라왔다. 그러나 곧 일을 벌이며 다그치는 데 치우쳐 있는 습벽을 내려놓자고 스스로를 다독였다. 며칠 뒤 학생들에게 편지를 썼다.

연극동아리 친구들에게
퇴근길에 늦게까지 교정에 남아 공을 차는 너희를 보았다. 곧 시험 기간. 은근 스트레스를 받을 텐데도 아랑곳하지 않고 땀 흘리는 걸 보니 기분이 좋았다. 샘은 3월에 너무 바쁘게 무리하며 지내서인지 4월은 영 기운이 없고 찌뿌둥했단다. 너희는 어땠는지? 모쪼록 5월에는 재밌고 신나는 일들 속에서 힘 좀 내고 살아봐야겠다, 아자!
샘이 연극동아리를 아끼고 애틋해하는 것은, 우선 구성원들이 잘생겨서이기도 하지만(ㅎㅎ) 무엇보다 수업을 벗어난 수업 속에서 배우고 즐기는 경험을 나누고 싶기 때문이란다. 너희가 수업하기 싫고 힘든 만큼 샘도 힘든 때가 많았거든.
그런데 연극 속에선 우리의 삶을 낯설게 보고 지금 여기와는 다른 삶을 연출할 수 있잖니? 신세경이 가사도우미가 되고 1등이 찐따가 되고 선생님이 땡땡이치는 학생이 되는 일이 연극에선 가능하다는 것! 그런 상상을 몸으로 실현해본다면 우리 인생이 0.5밀리미터라도 바뀌지 않을까? 수학 공식이나 영어 단어 공부는 아니지만 연극에서의 표현과 창작만큼 상상력과 창의력을 키울 수 있는 게 또 어디 있겠니? 게다가 친한 친구들과 현재, 그리고 미래에 대한 고민과 마음을 나눌 수 있다면⋯⋯.

지난번엔 누구는 금연학교 가고, 또 누구는 조퇴하고, 누구는 병원 가고, 누구는 염색하러 가고, 누구는 학원 가고 해서 결국 모임이 취소되었는데, 다음엔 서로 일정을 미리 확인하고 함께 즐거운 시간 만들어보자꾸나.

시험과 수련회, 사생대회로 3주나 동아리 모임을 갖지 못하게 되어 섭섭하다(ㅠㅠ). 종종 복지실에 들르렴. 담배 한번 피울 시간에 사탕 한번 더 나눠 먹고(^^).

그럼 준혁아, 형민아, 선우야, 준영아, 영호야, 동훈아, 건용아, 경석아, 병재야, 정훈아, 시험 스트레스 너무 받지 말고, 3학년이니만큼 한 과목이라도 실컷 공부해보았다는 보람도 느껴보고, 수련회도 잘 다녀오렴. 3주 후 24일, 목요일에 보자.

2012. 5. 1. 이 샘이

5회기에는 두 명을 빼곤 대부분 출석하여 오랜만에 정 선생이 준비해온 프로그램을 꽉 차게 실행할 수 있었다. 6회기에는 백성희장민호극장에서 하는 〈레슬링 시즌〉이라는 연극을 관람하러 갔다. 동아리 학생들은 그새 교복 대신 사복을 차려입고 지하철역으로 모였다. 선우는 회검정 양복에 흰색 넥타이를 매고 한 손엔 사촌누나가 직접 만들어주었다는 검정 데님 클러치를 들고 왔다. 형민이는 꼭 끼는 검은 티셔츠에 찢어진 블랙진을 입고 검은 모자를 눌러썼다. 학교 밖에서 보니 가장 눈에 띄는 건 병재였다. 주머니가 여럿 달린 카키색 배기바지에 자주색 야구모자 위로 베이지색 후드티를 덧쓰고 이어폰을 꽂고 크로스백까지 덜렁덜렁 멘 폼이 정말이지 힙합나라에서 튀어나온 래퍼 같았다. 앳되고 발그레한 볼을 한 채 자유를 꿈꾸는 어린 반항아.

지하철로 열한 정거장을 가는 시간보다 서울역에 내려서 극장까지 이동하는 시간이 더 걸렸다. 서울역에서 극장까지는 천천히 걸어도 15분이면 도착할 수 있는 거리였지만, 여전히 '똥이 마려운' 학생들이 있었기 때문이다. 화장실이 보일 때마다 학생들은 번갈아 다녀왔고, 그때마다 이는 정 선생과 시계를 몇 번씩 들여다보다가 다른 학생들을 보내 '빨리 끊고 나오라'고 독촉해야 했다.

〈레슬링 시즌〉은 레슬링 선수로 뛰는 청소년들이 겪는 폭력, 입시, 이성 교제, 성 정체성 등 여러 문제들을 펼쳐 보이는 연극이었다. 공연이 끝난 뒤에는 극중 인물들을 호출하여 관객과 소통하는 시간도 가졌다. 운동부를 경험했던 준혁이는 경쟁이며 억압, 폭력의 고리 들에 대해 등장인물들과 실감 나게 대화를 주고 받았다.

여름방학을 앞두고는 동아리 모임이 어느 정도 안정되었다. 학생들은 모임에 빠질 때는 친구에게라도 못 오는 사유를 전하는 것이 익숙해졌다. 모인 숫자에 연연해하지 않고 그대로 활동을 이어가다보니 탄력이 붙고 결속이 생겼다. 그러나 영호가 끝내 동아리를 탈퇴한 것은 이에게 퍽 아쉬운 일이었다. 『공포의 외인구단』에 나오는 '까치' 머리 스타일에 귀여운 마스크의 영호는 의외로 자기표현을 힘들어했다. 자신은 아무래도 무대 체질은 아닌 것 같다고 영호는 말했다. 연극반이라고 모두가 무대에 서야 하는 건 아니라고, 한 편의 연극이 이뤄지도록 무대 뒤에서 조명이나 소품, 음악을 담당하는 친구도 있어야 한다며 정 선생이 설득했으나 영호는 매번 친구들 앞에서 표현 활동을 하는 것이 영 쑥스러운 모양이었다.

"죄송해요, 선생님. 얘들아, 이 몸은 떠나지만 니들은 파이팅 해라!"

몸이 가볍다는 것, 마음이 가볍다는 것은 뭘까? 수업 시간에 쉴 새 없이 수다를 떨고 운동장에선 멋진 슛을 날리곤 하는 영호.

새들에게도 무게가 있다더니, 이는 생기발랄한 영호도 그대로 다 가벼워질 수 없는 무게를 지고 있구나 하는 생각이 들었다. 열 명의 구성원 중에서도 준혁이처럼 동작이든 언어 표현이든 쉬 몰입하는 학생이 있는가 하면 경석이처럼 몸은 잘 움직이지만 대사를 어려워하는 학생, 정훈이처럼 대사는 잘하는데 동작은 영 서투른 학생, 병재처럼 친구들 하는 것만 지켜보다가 탁구대 위에 누워서 휴대전화로 게임에 몰두하는 학생도 있었다. 준영이도 부끄러움을 많이 탔지만 다행히 동아리에 끝까지 남아 함께했다.

이는 지난해에 2학년 4반 수업을 하면서 버거울 때가 많았다. 영호의 수다는 좀처럼 그치지 않았고, 준영이는 갑자기 일어나서 돌아다니거나 괴상한 소리를 내는 등의 과잉행동으로 이의 신경을 긁었다. 게다가 그 반에는 현욱이가 있었다. 엄청난 덩치의 현욱이는 초등학교 인근에서 삥을 뜯다 고발된 적이 있었는데 툭 하면 학교를 빠졌다. 가끔 학교에 나올 때면 교과서도 공책도 없이 좁아터진 책걸상 밖으로 다리를 내밀어 거푸 떨면서 콧노래를 흥얼거리곤 했다.

"현욱아, 우리 수업 좀 하자."

이가 애원인지 달램인지 모를 말투로 청하면, 그래도 현욱이는 잠시 책상 위로 엎드렸다. 돌봄을 제대로 받지 못해서 아직 쌀쌀한 3월에도 체육복 반바지에 땟국물이 흐르는 반팔 티셔츠를 입고 복도를 헐렁헐렁 걸어다니던 현욱이. 몇 번이나 될까, 이가 현욱이에게 잠시라도 말을 걸며 귀를 기울였던 것은.

"선생님, 떡볶이 사줘요."

동료 교사와 함께 퇴근하는 이를 향해 그애가 말했었다. 왜 곧바로 인근 분식집에 데려가지 못했을까. 현욱이는 2학년을 다 마치지 못하고 절도 사건에 누차 연루되었다는 이유로 청소년보호감찰소에 보내졌다. 전선희 선생이 현욱이를 만나러 가자고 제안해서 이는 현욱이가 있다는 곳에 전화를 했다. 그러나 그곳에서도 현욱이는 골칫덩어리로 여겨지는 듯했다. 그곳 담당자는 당분간은 면회가 도움이 되지 않는다고 판단하는 것 같았다. 현욱이와 떡볶이를 나눌 다음번은 결코 오지 않았다. 그렇게 학교에서 밀려나 돌아오지 못하는 학생들도 있었다.

연기가 아니면 어떠랴. 동아리 활동 시간 내내 코빼기도 보이지 않다가 어디선가 누군가의 피자 냄새를 맡고서야 달려오면 어떠랴. 이는 동아리에 함께하는 학생들이 진심으로 대견하고 고마웠다. 영호의 빈자리에 선우네 반에 전학 온 종헌이가 들어왔다. 시골 소년처럼 순진한 데가 있는 이쁘장한 얼굴의 종헌이는 매 활동에 적극 참여했고 자신에게 주어지는 역할을 성심껏 수행했다.

"여름방학 잘 보내고, 2학기엔 대본도 쓰고 같이 공연도 하는 거예요! 1학기 내내 여러분 모두 수고 많았어요!"

1학기 마지막 모임을 마치며 정 선생이 학생들에게 인사말을 건넸다.

"말로만? 쌤, 찐하게 한잔 쏘시죠?"

준영이를 치며 선우가 말했다.

"이 새끼 또 나대네. 쌤, 개무시하세요. 수고 많으셨습니다. 안녕히 가세요."

"아니, 나도 오늘 시간 많은데…… 좋아요. 찐하게 짜장면이나 같이 먹고 갑시다. 오늘은 내가 쏠게요."

"쌤, 탕수육도 쏘시죠?"

경석이의 말끝에 이가 나섰다.

"탕수육은 내가 쏠게."

준혁이가 걱정스레 물었다.

"쌤, 우리 2학기 활동하려면 예산을 아껴야 하는 거 아녜요?"

"오~! 동아리 활동 예산까지 걱정하는 거냐? 진정 너를 '연극반 짱'으로 인정하노라."

선우가 준혁이의 머리 위에 안수를 하듯 손을 얹었다.

"그래서 오늘은 쌤들이 직접 쏘는 거잖아. 건용아, 먹고 싶은 것 의견 모아서 동해루에 전화하자."

한 학기를 결산하는 성찬이었다. 저마다 나무젓가락을 쪼개고 단무지며 군만두며 탕수육을 펼쳐놓는데 누군가 무용실 문을 열었다. 교내 순시 중이던 숙직기사였다.

"안녕하세요?"

학생들이 합창하듯 인사했다.

"어디서 많이 본 학생들이네. 저녁 먹는 거냐? 맛있게 먹어라."

숙직기사는 이에게 눈웃음을 보내고는 문을 닫았다. 그때 준영이가 짬뽕의 포장을 벗기려다 말고 탕수육과 군만두를 접시에 따로 챙겼다.

"야, 인마! 뭐 해? 나 먹으려는데!"

경석이의 물음에 준영이가 잠자코 접시를 채우고는 일어서며 말했다.

"기사님도 갖다 드려야지."

"오~! 성준영 사람 됐네."

동훈이가 웃으며 준영이의 어깨를 두드렸다.

숙직실에 간 준영이와 병재는 화장실에 들러 담배를 피우고 오는지 한참 만에 나타나 퉁퉁 분 짬뽕과 짜장면을 한껏 흡입했다.

2학기 첫 모임에서 정 선생은 학생들에게 5분짜리 짧은 극을 만들어보게 했다. 두 개 조로 나누어서 간략한 대본을 짜고 연기를 하게 한 것이다. 한 조는 학교폭력을, 다른 조는 흡연 문제를 다루었다. 1학기 때보다 학생들은 몸을 잘 놀렸고, 연극이 점차 놀이가 되어가는 듯했다. 두 조의 연극 중에서 더 잘된 것을 실제 공연용으로 만들기로 했는데 학교폭력에 대한 연극은 다소 식상해서 흡연 문제를 담은 것으로 뜻을 모았다. 학생들의 경험에서 우러나온 연기가 압권이었다.

"자, 이제 책임지고 대본을 수정 집필할 사람이 필요한데, 누가 할래요?"

정 선생의 물음에 경석이가 손을 번쩍 들었다. 이는 경석이와는 수업을 많이 하지 못해 그애가 글쓰기에 관심이 있는 줄 몰랐다.

"와, 경석이 멋진데! 너 글 쓰는 거 좋아하는구나."

"아니요. 원래 이 연극 내용 제 아이디어였고, 제게 쓰라린 경험이 있어서요."

학생들은 알 만하다는 듯 킥킥거렸다. 어쨌든 경석이가 대본 초안을 써왔고, 조금 헐겁다 싶었는지 선우가 손보아 완성본이 만들어졌다.

이가 보기에는 리얼리티도 갈등 구조도 빈약한 대본인데도 정 선생은 무조건 칭찬부터 하며 경석이를 추켜세웠다. 그러고는 대본에 나온 대로 배역을 정하고 실제 연습으로 들어가게 했다.

"샘, 전 성실한 학생이에요. 여기 나오는 인물이랑 저는 완전

쓴맛 단맛

히 달라요! 이건 작가의 농간입니다. 연극 속 건용이는 제가 아니라 작가의 분신인 것 같은데 말이죠."

건용이가 낄낄대며 항의했다.

"등장인물과 연기자는 같은 사람이 아니지. 시적 화자와 작가가 같은 사람이 아닌 것처럼."

"선우 말이 맞아요. 대본 속 인물의 이름이 자기와 일치한대도 다들 배역을 '연기'하는 거지, 자신의 평소 모습을 그대로 드러내는 게 아녜요."

"그래, 얘들아. 무대 위의 나를 통해서 지금 여기의 나를 낯설게 보는 것, 바로 그 맛이지, 연극은."

정 선생의 설명을 이가 거들었다.

공연을 앞두고 2학기 중간고사가 있어 연습할 시간은 충분하지 않았다. 동아리 학생들은 이제 정해진 시간을 넘기면서까지 남아서 각자의 배역에 몰입했다. 형민이는 '정진수 선생님'을 맡았다가 몇 번 연습 끝에 무대에 서기를 사양하고 음향을 담당하기로 했다. 병재는 소품과 무대장치를 맡았다. 반면 정훈이는 '정훈' 역 외에도 경찰까지 1인 2역을 맡았다. 경찰 역으로는 정훈이가 제격이었다. 어깨만 펴면 체격도 당당했고, 주머니엔 담배가 들어 있을지언정 얼굴은 '바르게 살자' 모드였다.

공연 전날. 연극동아리 학생들은 밤 9시가 넘도록 무대 위에서 동선을 맞춰보고 연기를 다듬었다. 형민이 대신 정승혜 선생이 연기하던 '정진수 선생님' 역에는 방송반 희주가 리허설장에서 즉석 캐스팅되었다. 희주는 허스키한 목소리로 무대 위 남학생들 사이에서 카리스마를 뿜냈다.

10월 12일. '네 마음을 열어봐, 네 꿈을 펼쳐봐'란 캐치프레이즈 아래 E중의 '심리 체험 캠프'가 열렸다. 그간 교육복지사업을 총화하는 자리이자 각 동아리별로 연마해온 기량을 펼치며 서로를 위무하는 자리였다. 일과 후 150여 명의 학생들과 20명이 훌쩍 넘는 교사들, 학부모 몇 명이 강당에 모였다. 1부에서는 학교장의 격려사 후 교육복지사업에 참여한 각 동아리들의 활동 영상을 본 데 이어 다 함께 전문극단 프락시스의 〈눈사람〉이라는 공연을 관람했다.

저녁을 먹은 후 2부에서는 '왕따 학생, 예능감 120%의 PD가 되다'란 제목으로 모 방송국 피디의 진로 강연을 들었다. 그리고 캠프의 절정인 공연이 펼쳐졌다. 난타, 댄스, 밴드 동아리는 몇 주 뒤 학교 축제에서도 더 많은 성원을 받을 수 있을 터이지만, 연극 동아리엔 이 무대가 처음이자 마지막이었다. 핀 마이크도 없고 조명도 제대로 갖추지 못한 열악한 무대일지라도 연극동아리 학생들은 발성이며 자세며 그간 배우고 연습했던 것들을 놓치지 않고 20분간의 공연을 팽팽히 채워냈다.

등장인물 선우, 경석, 준혁, 동훈, 건용, 종헌, 정훈, 준영, 경찰, 정진수 선생님

1막

학교 화장실. 담배 연기 사이로 학생들이 보인다. 건용이와 종헌이가 대변을 보고 있고 경석, 준혁, 선우는 창가에서 담배를 피우고 있다.

선우 야, 정진수 말하는 꼴 못 보겠지 않냐? 존나 짜증 나.

경석 그래~! 지각했다고 때리잖어. 확 신고해버릴까?

선우 삘~!

경석 근데 좀 후달린다.

준혁 (웃음) 뭐가 후달려?

경석 진수, 원래 좀 무섭잖아.

　　　　동훈이 이때 화장실로 들어온다.

동훈 (짜증스러운 목소리로) 아, 담배 냄새! 담배 좀 그만 피워라!!

준혁 네가 담배를 피워야만 하는 형님의 마음을 아냐?

선우 인생이 쓰다.

동훈 미친놈들.

선우 (준혁을 보고) 그래서 진로는 정했어? 고민 많더니…….

준혁 (씁쓸하게 고개를 젓는다.)

　　　　잠시 무거운 침묵.

동훈 공부 좀 할 걸 그랬나봐.

경석 그러니까.

동훈 (선우에게) 그래도 넌 좀 하잖아.

선우 멀었어.

건용 야, 선우야, 똥빵하게 담배 좀 빌려주라~.

선우 돗대야.

건용 경석아~!

경석 아래로 줄 테니까 받어. (담배를 건용이와 종헌이에게 하나씩 넣어준다.)

건용 땡큐~.

종헌 나두! 고마워.

경석 정진수한테 진로 상담 받아볼까?

준혁 너더러 똘아이라 그럴걸.

경석 걔는 밤마다 홍삼 먹나봐, 힘이 점점 세져.

동훈 힘 쓸 데가 없는 거지.

경석 진짜 신고하고 싶다!

선우 신고해!

건용 근데 신고할 거면 좀 부풀리자! 얼굴 막~ 때렸다고.

선우 그럴까?

　　　　건용, 종헌, 화장실에서 나온다. 종이 울린다.

동훈 들어가자. 종 쳤어.

　　　　학생들 담배를 끈다.

건용 아, 나 진수 시간인데 수업 제낄까?

경석 제껴~ 어차피 걔 수업 받아봤자 소용없어.

건용 종헌아, 제낄래?

종헌 (기죽은 목소리로) 그래……

다른 학생들 우린 간다.

종헌 으…… 응.

건용 야, 아까부터 왜 말이 없냐?

종헌 그냥 좀 후달려서……

그때 미술 수업 중 손을 씻으러 화장실에 왔던 정훈이가 아이들을 본다.

정훈 어?! 여기서 뭐 해?

건용 보면 모르나? 수업 제꼈어. 담배 있어?

정훈 응. 왜? 하나 줘?

건용 응, 하나만 빌려주라~.

종헌 나두~.

건용, 종헌, 담배에 불을 붙이면서 앉는다. 그때 정진수 선생님이 화장실로 들어온다.

정진수 선생님 (화난 목소리로) 이 새끼들이, 담배 안 꺼!

학생들이 담배를 끈다. 선생님이 다가와서 학생들 머리를 한 대 씩 친다.

정진수 선생님 (무척 화가 나서) 너네 미쳤어? 여긴 금연구역이야. 너네 같은 양아치 새끼들 담배나 피우라고 있는 덴 줄 알아? 야, 이정 훈! 너는 빨리 너네 반으로 꺼지고, 너희 두 놈은 엎드려!

정훈이는 후다닥 뛰어간다.

건용 아, 씨…… 죽었다.

종헌 아, 씨⋯⋯.

정진수 선생님 엎드려! (건용이를 몽둥이로 때린다.) 너네 땜에 수업도 못 하고 자습시키고 나왔어, 이 새끼들아! (종헌이를 몽둥이로 때린다.) 종례 끝나고 선생님한테 와!

건용·종헌 (기죽은 듯이) 네⋯⋯.

　　　　종이 울린다. 선생님은 퇴장하고 건용이와 종헌이는 울상이 되어 엉덩이를 쓸어 만진다.

◇ 중간 부분 줄거리

건용이와 종헌이가 정진수 선생님한테 한바탕 맞았다는 얘기를 들은 아이들은 저마다 흥분한다. '교사가 학생을 때리면 안 되는 거 아냐, 신고해 버리자, 모가지를 콱⋯⋯.' 선우가 그 와중에 진지하게 묻는다. 친구들 이런 꼴 당하는 거 계속 보고 싶냐고. 선우는 112에 신고를 하고 경찰이 출두한다. 정진수 선생님은 '교육도 못 시키느냐'라며 저항하지만 결국 경찰 조사를 받게 되고 학교에 나오지 못한다.

그러나 막상 선생님이 오지 않자 아이들 사이엔 갈등이 생긴다. '선우가 나대는 바람에 선생님이 잘렸다, 예전에 우리가 강제 전학 갈 뻔했을 때 막아준 것도 정진수 선생님이었다'라는 동훈. '신고하기 전에 말렸어야지, 이제 와 뒷북치느냐'는 준혁. 둘은 마침내 싸울 태세다. 경석이가 말리는 가운데 건용이를 비롯한 아이들은 선생님을 돌아오게 할 방법을 찾아보기로 한다. 반면 선우는 아이들에게 욕먹는 상황을 견디다 못해 자퇴한다. 선우의 자퇴 소식에 아이들은 충격을 받는다.

얼마 후 정진수 선생님은 돌아와서 아이들에게 짜장면을 쏜다. 이때 철가 방을 들고 배달하러 온 사람은 다름 아닌 선우. 정진수 선생님은 학교로 돌아오라고 선우를 설득하고 동훈이는 선우에게 사과한다. 아이들은 모두 하나가 된다.

4막

선우와 준영, 동훈이를 빼고 나머지 아이들이 학교 화장실에 모여 있다. 준영, 뛰어들어온다.

준영 야, 야, 빨리빨리!!
  서둘러 담배를 끄고 냄새를 제거하려는 학생들. 선우와 동훈이가 등장한다.
선우 야, 이 새끼들아!
경석 아, 씨발! 놀랐잖아ㅋㅋ.
건용 아~, 진수 수업 싫어ㅠㅠ.
종헌 얘, 또 아까부터 수업 쨀 생각한다.
정훈 아직 정신을 못 차린 거지.
선우 너 그때처럼 맞는다?
준혁 (화장실 칸막이 안에서) 아, 시끄러. 집중해서 볼일 좀 보자.
동훈 또 인생에 대한 고민이냐?
준혁 이제 진로 정했거든.
동훈 그럼 담배 좀 끊지?
경석 저 새낀 중독이야.

정훈 그나저나 우린 한 학기면 쫑이네.

선우 아, 공부 좀 해둘걸.

아이들 (한 대씩 선우를 때리며) 아, 이 새끼……!

밖에서 정진수 선생님의 목소리가 들린다.

아이들 야, 야! 진짜 진수야!

다시 담배를 끄고 냄새를 없애는 동작을 하는 아이들. 암전.

◆

성근 줄거리였지만 연극동아리 학생들은 친구들과 교사들로부터 뜨거운 박수를 받았다. 교실 구석에서 잠만 자는 것 같던 학생도, 산만하거나 거친 학생도, 껄렁하거나 까칠한 듯이 보이는 학생도 저마다 무대 위에서 반짝거렸다. 감정선을 살려 갈등을 드러내는 준혁이의 연기는 돋보였으며, 병재가 공들여 만든 소품 담배를 배우들이 하나씩 입에 물고 뻐끔거리는 장면에서 관객석의 친구들은 익숙한 듯 쿡쿡 웃음을 터뜨렸다. 팔짱을 낀 채 이야기의 전개를 지켜보던 정진수 선생은 어이없어하면서도 입꼬리가 올라갔다.

가을밤은 그렇게 깊어갔다. 그 밤에 여물고 숙성한 게 어찌 학생들의 마음뿐이랴. 이와 전선희 선생, 차혜나 지역사회전문가는 행사장의 뒷정리를 마친 뒤 느지막한 시간임에도 따로 뒤풀이를 가졌다. 맥주잔을 부딪치며 출렁이는 마음들을 서로 부둥켰다.

리허설과 공연까지, 정승혜 선생과의 수업은 모든 회기를 마친 셈이었으나, 연극동아리 학생들에게도 이에게도 아쉬움이 많이 남았다. 정 선생은 북한 이주 학생들과 함께 만든 공연에 E중 연극동아리를 초대했다. 공연장은 한 시간 반 넘게 걸리는 꽤 먼 곳이었지만 토요일 오후, 연극동아리 학생들은 한 명도 빠짐없이 모였고 늦지 않기 위해 화장실 가는 시간도 아꼈다. 〈미운 아기 오리〉라는 제목의 연극은 북한 이주 학생들이 남한 사회에 와서 겪는 여러 어려움을 보여주고 있었다. 2부 토론극에서는 E중 연극동아리 학생들도 무대에 올라가 즉흥 연기를 하며 대안을 펼쳤다. 선우가 한 학생을 한참 말없이 안아줄 때에는 이도 콧날이 시큰해졌다.

연극 관람을 마치고 식사할 곳이 마땅치 않아 낯선 동네에서 한참 헤매다가 겨우 분식집을 찾아 들어갔다. 배도 무척 고프니 두어 가지 메뉴로 통일하면 빨리 먹을 수 있으련만 학생들은 기어코 각양각색의 메뉴를 골랐다. 건용이가 주문을 하고 선우는 정훈이와 함께 물을 날랐다. 1인당 식사비가 6000원이라고 말했는데도 준영이는 기어이 7500원짜리 돈가스를 시켰다.

"초과분은 네가 내라."

준혁이가 준영이의 어깨를 툭 쳤다.

이와 학생들이 E중 앞으로 돌아온 것은 밤 10시가 다 되어서였다. 학생들은 이제 슬슬 어디에서 또 놀아볼까 궁리했다. PC방 가자느니, 노래방 가자느니, 근린공원에서 농구나 하자느니, 똥부터 싸야 한다느니…….

"애들아, 오늘 수고 많았다. 난 먼저 들어갈게. 부모님께 잘 다녀왔다고 연락드리고."

"선생님, 고맙습니다. 다음에 연극 또 보러 가요!"

선우의 말에 이가 고개를 끄덕이며 돌아서려는데 준영이가 한마디 보탰다.

"식사비 예산 좀 올려요!"

연극동아리는 그 뒤로도 두 번 더 연극 관람을 했고, 그때마다 정승혜 선생도 함께했다. 진로를 고민하던 학생들은 성적이 우선시되는 비루한 현실 속에서도 낙망하지 않고 스스로를 일으켜세웠다. 졸업식을 앞두고 이는 연극동아리 학생들에게 마지막 편지를 띄웠다. 그간 활동을 영상으로 담은 CD와 정승혜 선생의 편지도 함께.

연극동아리 친구들, 졸업을 축하한다!

지난 1년의 시간들은 샘에게도 아~주 소중한 추억으로 남을 것 같다. 우리가 남들 다 집에 간 시간에 학교에 남아 다 같이 뭔가 한다는 게 얼마나 어려운 일이었는지.ㅋㅋ 그래도 그렇게 남아 뭔가를 해냈다는 게 얼마나 자랑스럽고 흐뭇한 일인지!♡♡

짜장면 한 그릇, 몽쉘 쿠키 한 줌으로도 흐뭇해하고, 어설픈 것 같아도 저마다의 삶이 깃들어 있는 얘기들을 몸으로 풀어내면서 서로의 시간을 기꺼이 나누었기에, 참 행복했다.

기억하자. 그렇게 우리가 함께 만들어낸 무대를. 그리고 우리가 살아갈 어떤 무대에서도, 우린 또 그만큼 열정을 가지고 우리만의 이야기와 목소리를 만들어내며 관객과 소통할 수 있는 멋진 주인공이라는 것을! 소품을 만들던 친구도, 음향을 담당하던 친구도 결코 놓칠 수 없는 그 무대의 소중한 사람이라는 것을…….

이제 사탕을 달라고 교육복지부 문을 하루에도 몇 번씩 열던 종헌이도, 매일 배고프다던 건용이도 더 이상 볼 수 없겠구나. 정훈이가 '퍽' 하고 친구들 가슴을 치던 소리도, 준영이의 썰렁한 농담 이면에 숨어 있는 따뜻한 마음도, 형민이의 침묵 속 카리스마도, 선우의 붙임성과 살뜰한 배려도, 정들어 더욱 멋진 준혁이의 날렵한 눈매도, 검은 뿔테안경이 잘 어울리는 동훈이의 듬직한 표정도, 간지 나는 병재의 모습도, 가끔 고뇌에 찬 표정이다가도 "떡볶이~" 하며 애교 지으며 달려오던 경석이의 눈빛도 당분간 보지 못하겠지.

부디 어디서든 건강하게, 즐겁게, 신명 나게 살고, 놀고, 배우고, 싸우고, 나눌 수 있기를!

그럼 안녕.

2013. 2. 6. 밤. 이 샘이

우리는

이수는 3학년 2학기를 시작하며 F중으로 전학 온 학생이었다. 전학을 꺼리는 시기임에도 굳이 F중으로 오게 된 데에는 나름의 사정이 있는 듯했다. 하얀 얼굴에 도드라진 메이크업은 또래 여학생들이 무언가 더 드러내려고 하는 것과는 달리 제 안의 무엇도 그대로 드러내지 않으려고 하는 것처럼 보였다. 이와 함께 3학년 생활지도를 담당하던 옆자리의 미술과 손선기 선생이 이수의 담임을 맡게 되었다. 워낙 싹싹하고 사람 좋기로 정평이 난 손 선생은 건너편 양 선생이 슬쩍 흘려보내는 '딱하게 됐다'는 시선에도 아랑곳하지 않고 구김살 없는 웃음으로 이수를 맞았다.

이도 손 선생 반의 국어 수업을 맡고 있어서 이수를 꽤 자주

보게 되었다. 걱정했던 것보다 이수는 평범한 학생으로 수업에 임하고 있었다. 다만 새침한 듯 방어적인 태도 때문에 대부분의 학생들이 이수와 달갑게 어우러지지는 못하는 것 같았다. 몇몇 남학생들은 수업 시간에 호기롭게 말을 걸었다가 '왜?', '뭔데?', '아니.' 등 한마디도 채 안 되는 답변만 듣고 머쓱해하기도 했다. 그런 이수를 동주의 옆자리에 앉힌 건 손 선생의 배려였다. 동주는 지난해에 이의 반이었는데 다감하고 책임감이 강한 학생이었다.

이수가 전학 오고 한 달쯤 된 무렵이었다. 손 선생이 반 학생들을 대상으로 학교폭력대책자치위원회를 열게 되었다며 심란해했다.

"이수의 엄마가 학교에 찾아왔는데, 지난밤 이수가 손목을 그었다네요. SNS에서 남학생들이 '걸레' 운운하며 이수를 성적으로 비하하는 말을 한 모양이에요. 남학생들이 모여서 이수에게 비아냥 섞인 웃음을 보내며 키득거리는 걸 일부 여학생들이 보았고…… 소문이 퍼져서 동주가 이수에게 귀띔해주었나본데……."

이수 엄마는 SNS를 주고받은 학생들을 강하게 처벌해달라고 요구한 모양이었다. 성폭력 관련 사안이니만큼 규정에 따라 학폭위에 오르게 된 남학생들은 담임에게 억울함을 호소했다.

"교회 동아리 연합 활동하면서 친구가 된 애가 있는데, 제가

F중 다닌다고 했더니 이수를 아냐면서 이수랑 같은 교회 다녔었다는 거예요. 걔한테 이수에 대해 안 좋은 소문이 돌았다는 걸 듣게 됐고, 그냥 그대로 반 친구들에게 전했을 뿐이에요."

"소문을 전했을 뿐이라고? 아무리 사실이라고 해도 동의 없이 함부로 SNS상에 올리면 안 되는데, 개인의 신상에 대한 소문을 그 따위 말투로 올려놓고도 뭐가 잘못인지 모르겠다는 거냐, 똥인지 된장인지 구분도 못하는 놈들아……."

손 선생은 SNS를 주고받은 남학생들을 불러서 호통을 쳤다.

학폭위 결과 가해자로 지목된 남학생들은 성교육 이수 및 사회봉사를 하게 되었다. 손 선생의 반 분위기는 뒤숭숭해졌다. 이수의 얼굴은 더 강퍅해졌으며 정착할 데 없는 시선은 공허해 보였다. 호기심이 꺾인 남학생들은 이제 이수를 대놓고 피했다. 그것은 따돌림은 아니었으나 자기 잘못에 대한 책임의 무게를 상대방에 대한 원망으로 되얹는 태도였다. 여학생들도 마음을 닫은 이수를 가해 남학생들보다 더 멀리하는 눈치였다. 살뜰한 동주의 도움이나 관심마저도 썩 달갑지 않은 듯 고립에서 빠져나오려 하지 않는 이수가 이에게도 위태롭고 안쓰럽게 여겨졌다.

손 선생은 전문가에게 의뢰하여 여학생, 남학생별로 집단 상담 프로그램을 진행했다. 학급 담임 멘토링 제도를 활용하여 이수와의 개별 상담에도 공을 들였다. 이수에게 떡볶이도 사주고 책도 건네주고, 동주도 불러서 함께 영화도 보러 갔다.

"세상에 좋은 남자들도 많다는 걸 이수 같은 여학생들은 알아야 해. 손 선생이 담임이라 진짜 다행이야."

양 선생이 말했다. 손 선생은 가해 학생들을 지나치게 몰아세우지도 않고 피해 학생의 고통을 섣불리 파헤치려들지도 않으며 학생들 사이의 가팔랐던 경계의 선들을 어느 정도 완만하게 굽혀내었다. 2학기 후반부로 가면서 이수를 향한 날 선 눈빛은 무심 속에 무뎌지고 있다고 이는 느꼈다.

이는 수업 시간에 쓴 글들을 보면서 이수가 섬세하고 자의식 강한 학생이라는 걸 알 수 있었다. 그러던 어느 날 '비유하기'를 배운 시간에 이수가 공책에 쓴 내용을 읽고, 이는 퍽 마음이 쓰였다. 강산에의 노래 〈우리는〉에 사용된 여러 표현들의 함의를 찾아 쓰는 글이었다.

다시 소리 내 울지 않는 그녀처럼 (고독하다)
다시 피어나는 꽃처럼 (덧없다)
땅 위로부터 시작하는 하늘처럼 (대책 없다)
그 하늘 향한 산처럼 (괴롭다)
꿈꾸는 영혼을 가진 작은 새들처럼 (서글프다)

우리는

눈 감고 별 보는 그녀처럼 (안쓰럽다)

날개를 가진 아이처럼 (고통스럽다)

무지개를 만들어낸 비처럼 (헛발질이다)

아침에 태어난 이슬처럼 (미약하다)

혼자 자라가는 저 나무처럼 (감당하기 어렵다)

우리는 (우리가 아니다)

다른 학생들이 괄호 안에 채운 답과는 달리, 자유로운 새들이
나 천진한 아이들, 신비로운 무지개 따위는 이수의 상상의 영역
에서 탈주해 있는 듯했다. 자신만의 깊은 벽 안에서 울음을 삼키
는 아이, 이수.

그리고 며칠 뒤, 이수의 엄마가 손 선생을 찾아와서 눈물을
훔쳤다.

"아이가 왜 학교에 다니기 싫다는 건지 도통 말을 안 해요. 상
담 치료도 꾸준히 받았고…… 선생님이 애써주신 것도 잘 알고
있는데요……. 제가 잘못한 걸까요? 지난번 학폭위 때문에 우리
애가 학교에서 어려움을 겪고 있나요?"

손 선생은 한동안 침묵했다.

종이 치고, 한 시간 수업 뒤 자리에 돌아온 이가 손 선생에게
들어보니 이수가 또다시 자해를 했다는 것이다. 손 선생은 이제

자신도 어찌해야 할지 모르겠다며, 이수가 채워야 할 수업 일수를 헤아렸다.

그다음 날 아침 동주가 와서 손 선생에게 조심스레 물었다.

"선생님, 기말고사가 내일인데, 이수는 학교에 또 못 나오는 거예요?"

"아파서 못 나온단다. 병결이면 중간고사 성적의 80퍼센트가 인정되니까 너무 걱정 말아라."

성적 때문에 그런 게 아니잖아요, 동주의 눈은 묻고 있었지만 손 선생은 그답지 않게 냉랭히 외면했다.

"네 떨어진 성적에나 더 신경 써. 3학년 마지막 시험이잖니."

동주를 돌려보내고 손 선생은 이수의 엄마에게 전화를 걸어 사무적인 어조로 진단서를 떼어놓아달라고 말했다.

이가 그 편지를 읽게 된 건 시험이 끝난 다음 주였다. 수업을 마치고 나오는데 동주가 따라왔다.

"선생님, 이거 이수한테 받은 편지예요. 의논하고 싶어서요. 이수 혼자 힘들어하는 게 속상해요······."

이는 무슨 일인가 싶어 편지를 받아들었다. 꽤 두터운 편지였다. 등나무 아래 벤치에서 이는 그 편지를 천천히 읽어보았다.

동주야, 미안해. 네가 몇 번이나 전화했는데도 난 받을 수 없었어. 자꾸만 무언가 설명해야 하는 게 번거롭고 힘들었거든. 네겐 늘 미안하고 또 고마웠어. 마음을 꽁꽁 닫아 잠근 내게 넌 먼저 말을 걸어주고, 어쩌다 내가 말을 쏟아내면 넌 찬찬하고 따뜻하게 받아주었지. 나 때문에 네가 다른 아이들에게서 멀어지는 건 아닐까 걱정돼서 가끔은 네 호의를 일부러 뿌리치기도 했어. 그래도 내 마음을 보여야 한다면 그건 네게라고 생각이 들었어. 학교는 더 이상 나가고 싶지 않지만, 넌 내게 친구가 되어주었으니까. 네겐 아무런 이유 없이 증발해버린 아이로 기억되긴 싫었어.

중2 때부터 만났던 오빠가 있었어. 나보다 두 살 위의 오빠는 교회 밴드부 활동을 하며 알게 되었어. 오빠는 쾌활하고 상냥한 사람이었지. 날마다 집 앞 공원에 오빠와 함께 앉아 내 얘기를 오래 할 수 있다는 게 즐겁고 행복했어. 혼자 자라면서 초등학교 때까지는 엄마랑 시시콜콜 얘기했었는데, 중학생이 된 후부터는 대화할 시간이 빠듯했으니까. 나 학원 보내려고 엄마는 늦게까지 일을 했거든. 오빠가 정말 내 얘기에 귀를 기울였던가, 지금 생각해보면 의문이 들기도 하지만, 어쨌든 자기 앞에서 유난히 수다스러워지는 내 모습을 두고 오빠 말했었지. 너 참 귀엽다, 사랑스러워.

오빠와 사귄 지 1년이 되던 날, 오빠가 집으로 날 초대했어. 오빠네 부모님이 하는 분식집에서 몇 번 밥을 먹은 적이 있지만 집으로 가는 건 처음이었지. 빈집의 분위기가 적막해서 무슨 말을 꺼낼까 망설이던 내게 오빠가 먼저 말했어. 나, 파스타 되게 잘 만든다. 너, 파스타 좋아해? 응, 좋아해. 오빠는 익숙한 솜씨로 파스타를 만들어왔어. 정성껏 만든 파스타를 후루룩 흡입하는 오빠를 보며 난 까르르 웃었지. 오빠, 천천히 먹어. 오빠는 웃으며 남은 걸 서둘러 삼키고는 준비한 케이크에 촛불을 켰어. 오빠는 내가 좋아하는 곡을 기타로 연주했고, 나는 그 선율을 따라 노래를 흥얼거렸지. 내가 촛불을 끄자 오빠가 내 머리를 감싸더니 입을 맞추었어. 100일이니 200일이니 할 때마다 친구들 앞에서 포옹을 하거나 살짝 입맞추는 그런 의식 같은 걸 해보았어. 하지만 그날 오빠는 그때와는 무척 달랐어. 치미는 열기에 난 조금 어지럼을 느꼈는데, 오빠는 그런 날 꽉 끌어안았어. 오빠, 숨 막혀. 난 더 이상 까르르 웃지 못했지. 소파 속으로 파묻히며 나도 모르게 오빠를 밀쳤어. 오빠의 손이 할퀴어졌지. 내 신경이 너무 거칠어져 있었거든. 머쓱해하는 오빠를 계속 마주할 수 없어서 나는 곧 오빠네 집을 나왔어. 오빠와 만난 지 1년 기념 선물로 주려던 오르골을 가방에 그대로 담은 채.

그날 이후 오빠를 보는 것이 어색했어. 그래도 오르골은 오빠를 위한 선물이었으니까, 우리가 만나던 공원에서 보자고 오빠에게 메시지를 남겼지. 오빠는 약속 장소에 나왔어. 난 웃으며 수다를 떨어보려 했지만 오빠는 들으려 하지 않았어. 그리고 물었지. 너, 나 좋아하는 거 맞아? 오빠의 표정은 내가 이제 오빠에게 선물이 될 수 없는 존재라고 말하고 있었지. 오르골은 건네지 못했어.

한두 달이 지나서였나. 밴드부 연습실에 들렀다가 T라는 아이가 친구들이랑 쑥덕거리는 소리를 들었어. 그래, 내가 선배한테 까였냐고 했더니, 재미없어서 자기가 찼다던데? 나는 못 들은 체 그곳을 나왔어. 그 뒤 T는 내게 몇 번인가 사귀자는 메시지를 보내왔어. 내키지 않아 답을 안 했는데 어느 날 예배가 끝나고 나오는 나를 붙잡고 묻는 거야. 왜 자꾸 씹냐. 나랑 사귀기 싫어? 싫어. 뿌리치려는 내게 T가 말했어. 그렇게 헤픈 애가 왜 나한텐 내숭이냐? 무슨 말이 그래? 너, 선배네 집에 둘이서만 있었다며? 그게 무슨 상관이야? 난 화가 나서 그앨 떠나왔지.

싸 보인다는 둥, 걸레 같다는 둥 터무니없는 비난과 부풀려진 소문이 내 주변에 공기처럼 떠돈 건 그 얼마 후부터였어. 어느 주일, 예배에 가지 않고 종일 웅크리고 있던 나를 보고 엄마는 한참 캐물었어. 굳게 입을 다물었던 나는 이내 울음을 터뜨렸지. 엄마는 끝내 사정을 알아내곤 소문을 퍼뜨린 애를 찾아내달라고 밴드부 선생님에게 성화였어. 선생님이 내가 만났던 오빠를 비롯해 밴드부 아이들을 불러 상담을 했지. 소문의 시작은 밴드부 남학생들의 단톡방이었어. T가 주도적으로 글을 올렸던 모양이야. 오빠는 정색을 했다더라고. 그 소문과 자기는 아무 관련이 없다며……. 일은 T가 밴드부 선생님과 우리 엄마 앞에서 내게 사과하는 것으로 마무리되었지. T의 엄마가 우리 엄마랑 오랫동안 친분이 있었는데 두 사람이 그 일로 다투었나보더라고. 걔네 엄마가 우리 엄마더러 다 큰 딸 단속 잘하랬다나. 엄마는 내게 말했어. 딸 하나 혼자 키우면서 자기가 왜 그런 말을 들어야 하느냐고. 그러면서 내게 조신하게 지내라는 거야. 나더러 '헤프다'라던 말도 황당했지만, '조신해야 한다'라는 말 역시 반감을 갖게 하더라.

나는 더 이상 교회에 나가지 않았어. 여름방학을 앞두고 '노는 애들'과 어울려다녔지. 짙은 화장에 피어싱을 하고 치맛단을 최대한 말아올렸어. 팔뚝에 나비 문신을 새겨넣으며 날카로운 쾌감을 느꼈어. 그건 아슬하지만 나름대로 내 자신을 지키는 방식이었어. 헤프다는 말에 상처받지 않을 만큼 난 강해야 했지. 조신한 애가 되기 싫어서 난 여러 가지 구속들을 떨쳐내려 했어.

동주야, 예전엔 내가 엄마의 딸이라는 사실을 곱씹지 않아도 되는 삶을 살았어. 난 아빠 얼굴을 본 적이 없단다. 혼자 나를 낳고 키우면서도 엄마는 씩씩했고 내겐 다정했지. 하지만 난 그 소문 이후로 매일매일 '엄마의 딸'이 되기 위해 요구되고 단속받는 삶을 살아야 했어. 엄마는 하교 시간과 학원에서 돌아오는 시간을 챙기며 수시로 전화를 하고 톡을 했지. 어디니? 왜 거기 있어? 누구랑 있는 거야?

엄마는 내 환경을 바꿔주겠다고 이사하고는 나를 F중으로 전학시켰어. 내가 바라는 걸 알지도 못하고 묻지도 않은 채. 이사하던 날이 처음이었어. 유령이 되기 싫어 난 손목을 그었지. 처음엔 엄마가 모르게. 하지만 횟수가 거듭되면서 차라리 엄마가 발견하길 바랐어. 실제로 엄마는 언제 알았던 걸까. 어느 저녁 내 손목을 쓰다듬으며 말을 꺼냈지. 전문가를 찾아가 상담을 시작하자고.

계절이 지나면서 엄마와 나는 그런대로 균형점을 찾는 듯했어. 하지만 그건 아무 일도 일어나지 않고 있다는 조건하에서만 이어질 수 있었지. 소문은 말이야, 잔인한 사냥개와 같아서 한번 걸려들면 벗어날 길이 없는 것 같아. F중 애들이 또 그 소문을 주고받은 걸 알고 손목을 그은 건, 그래, 담담함을 잃지 않기 위해서였어. 무언가 역겨운 것이 치밀어오를 때 베인 살갗 위로 스멀스멀 번지는 핏방울을 보면 그 느낌이 가라앉곤 했으니까. 하지만 놀란 엄만 학교로 달려갔지.

멘토링을 하면서 나는 점차 담임에게 마음을 열게 되었어. 담임은 엄마처럼 자꾸 캐묻거나 하지도 않고, 아이들 속으로 들어가라 보채지도 않았지. 멘토링 시간마다 담임은 내게 하나씩 주제를 주고 그림을 그리게 했어. 첫 시간은 '내가 좋아하는 것'이었고, 두 번째 시간은 '나의 나무'였어. 그림을 그리는데 내 팔에 새겨진 문신을 보며 담임이 말했지. 하늘이 버겁구나, 날개를 다 열지 못하는 나비는. 눈물이 핑 돌더라. 미술실에 스며드는 가을 오후의 햇볕이 다사로웠어. 일주일에 한 번, 그렇게 미술실에서 나는 그림을 그리고 담임과 몇 마디씩 얘기를 나누었어. 어떤 슬픔에 대해서 그리고 작은 기쁨들에 대해서. 담임이랑 너와 함께 영화관에 갔던 저녁엔 오랜만에 수다스러워져서 엄마랑 늦게까지 얘기도 했지. 어느 오후, 담임이 떡볶이와 김밥을 주문했어. 책상을 마주하고 앉은 담임의 손이 내 허벅지에 스쳤는데 담임은 아무렇지도 않은 표정이더라. 난 유난 떨지 말자고 입술을 깨물었어. 가끔 내 머리를 쓰다듬고 어깨를 두드릴 때면 교실에서도 담임이 그런 태도를 보였던가 돌아보았지.

그날은 '풍경화'가 그림 주제였어. 나는 꽤 오랜 시간 구상한 끝에 물감을 풀었어. 구름 가득, 저녁놀이 비치는 하늘. 그림을 마무리하려고 붓을 다시 꺼내다가 내 등을 쓰는 서늘한 느낌에 나는 몸을 잔뜩 움츠렸어. 담임이 내 손을 잡고 손목의 상처들을 들여다보더니 그 위에 입술을 대는 거야. 더운 숨에 소름이 끼쳤어. 내가 뿌리치니까 담임은 내 몸을 자기 쪽으로 바짝 끌어당기며 말했어. 오버하지 마. 그러곤 날 밀쳤지. 나는 겁에 질려 아무 소리도 내지 못한 채 미술실 문을 닫고 나왔어.

학교에 가는 게 두려웠지만 졸업 때까지만 참자고 생각했어. 다음 날 조회 시간에 아무렇지도 않게 나를 보는 담임의 표정이 섬뜩하더라. 세상엔 저런 표정을 지닌 남자들이 얼마나 많을까, 메스꺼움을 삼킨 채 하루를 버텼어. 학교를 나서려는데 보건실 앞 '성폭력 신고함'이 눈에 들어왔어. 지난 학폭위에서 짧은 치마 운운하며 나를 대하던 몇몇 선생님들의 시선이 떠올랐고, 그런 게 다 무슨 소용이겠냐 싶었지만, 그날 저녁 나는 내 손목을 긋는 대신 쪽지에 글을 썼어. '손선기 선생님이 학생을 추행합니다.' 쪽지 가득 같은 문장을 적어 넣었지. 직면해라, 회피하는 건 일시적인 안도감을 주지만 결국엔 더 큰 공포를 짊어지게 된다. 상담을 받으면서 내가 반복적으로 들은 말을 떠올렸어.

다음 날 아침 일찍 신고함에 그 쪽지를 넣었는데 이틀, 사흘이 지나도 담임은 여전히 해맑게 웃으며 다녔지. 그리고 다시 멘토링이 잡힌 날 아침, 눈을 뜬 나는 또 칼날을 내 몸에 대었어.

요즘은 학원도 안 가고 정기적으로 상담을 받으러 다니는 것 외엔 종일 내 방에 앉아 하루를 보내. 가끔 책도 읽고 음악도 들으면서.

동주야, 네 방에서도 저 별이 보이니? 희뿌연 공기와 번쩍이는 조명들 속에서도 길을 잃지 않고 빛이 되는 먼 곳의 낯선 행성. 언젠가는 나도 네게 그렇게 가닿고 싶다.

이수가

이는 성폭력 신고함 운영을 맡고 있는 보건교사를 찾아갔다. 그는 학생들 개개인에 대한 관심도 깊었고 일 처리도 원숙한 선배 교사였다.

"구체적인 사실이 적시되지 않은데다 손 선생 이름이 거론된 게 의아하긴 했지만, 일단 매뉴얼대로 교감 선생님께 보고했어요. 근데 교감 선생님 말씀이, 요즘 애들이 너무 예민해서 그렇다, 자기가 봐온 손 선생은 학생 한 명 한 명을 잘 보듬고 정이 많은 사람이다, 뭐 그런 거더라구요. 손 선생이 딸 바보 아빠라면서, 교무실 책상 위에 올려 있는 가족사진을 봤는데 부인도 굉장한 미인이더라나요. 필요 없는 얘긴 삼가시라며 요즘 성폭력 사안을 제대로 처리하지 않으면 문제되는 거 아시지 않느냐, 일단 예방 차원에서라도 교사 성폭력에 대한 설문조사를 해야 하는 거 아니냐고 말씀드렸죠. 그랬더니 그런 애매한 신고로 설문조사까지 하는 건 행정력 낭비고 괜히 교사 학생 간의 불신을 더 키운다고, 조금 지켜보자고, 손 선생을 불러 확인하고 주의를 주겠다고 하시더라구요."

이는 복사해간 이수의 편지를 보건교사에게 보여주었다.

"저도 예전에 학폭위 열렸던 것도 있고 해서 이수를 기억하고 있어요. 지난번에 이수가 속이 안 좋다며 보건실에 왔기에 약을 줄까 물어봤는데 괜찮다며 한 시간 누워 있다 갔어요. 어떻게 지내는지 몇 마디 물어봤지만 좀처럼 틈을 내주지 않더군요."

"선생님 생각은 어떠세요? 뭐부터 해야 할까요?"

"원칙대로라면 교육청에 신고해야죠. 근데 조사를 한다 해도 손 선생이 잡아떼면 입증할 방법이 없고, 여러 학생들이 목격했다든가 비슷한 피해를 입었다든가 해서 증언을 모을 수 있는 상황도 아니고, 심리적 어려움이 큰 이수를 섣불리 나서게 했다가 2차 피해를 입히게 되는 건 아닌지 고민이 되네요……."

이는 동주와 얘기를 나눠보겠다며 보건실을 나왔다.

교무실의 자리로 돌아왔을 때 이의 주변은 떠들썩했다. 내년도 업무 분장을 앞두고 부장 추천을 받은 결과가 공개되었는데, 생활지도부장으로 손선기 선생이 압도적인 지지를 받았다는 것이었다.

"손 선생이야말로 요즘 학생들을 위한 맞춤형 생활지도부장 감이지. 학생들과 놀 줄 알고 소통도 잘하고 업무 처리도 깔끔하고……."

양 선생이 손 선생을 추어올렸다. 이는 서둘러 교무실을 나왔다. 퇴근길 내내 이는 오래전 B고에서의 일을 생각했다.

여름을 재촉하는 비가 내리는 아침이었다. B고를 떠나며 채희진 선생은 친밀했던 이들에게 우산을 선물해주었다. 함께 비를 맞던 시간이 있었기에, 그의 우산은 빗속을 혼자 걷는 이에게 퍽 안온감을 주었다. 이는 하늘빛 우산의 남은 물을 털고 모처럼 여유 있게 교무실에 들어갔다.

"이 선생, 바쁘지 않으면 잠깐 보자."

이는 송화연 선생을 따라 여교사 휴게실로 향했다. 채희진 선생에 이어 여교사회 총무를 맡은 송화연 선생은 학교 내 여교사들과 여학생들의 권리에 대해 누구보다 예민하고 섬세하게 돌아보는 이였다. 그런 송화연 선생에게 여학생들 여럿이 고충을 털어놓았는데, 연구부장인 원성식 선생이 학생들의 엉덩이를 꼬집었고 어떤 학생은 피하려다 의자에 앉은 채 벌렁 넘어져 다치기도 했다는 것이었다. 송화연 선생은 원 선생의 행태가 사실이라면 그대로 둘 수는 없지 않겠느냐며 이에게 물었다.

"자기 학생 때는 어땠어?"

원성식 선생은 이의 고등학교 때 선생님이었다. 그 시절 박사 과정을 밟고 있던 원 선생은 고전문학 담당이었는데, 교과서에 실린 「상춘곡賞春曲」 전문을 학생들에게 암송시켰다. '홍진紅塵에 뭇친 분네 이내 생애生涯 엇더흔고'로 시작하여 '아모타, 백년행락百年行樂이 이만흔돌 엇지흐리'로 끝나는 총 39행 79구의 가사, 한자가 줄줄이 이어지는 그 글을 4음보의 가락에 맞춰 이와 친구들은 겨우 외워냈다. 무작정 암송시키는 원 선생을 원망하는 친구들도 많았지만 이는 원 선생의 해박한 고전 지식을 높이 사며 '상춘賞春'의 풍경을 그려보려 자못 애썼다.

그 얼마 뒤 중간고사를 앞두고 문제 풀이를 하던 시간이었다.

"요망한 것!"

뒷목에 원성식 선생의 손이 닿자 이가 놀라 꺅 소리를 질렀을 때, 원 선생이 이에게 뱉은 말이었다. 이는 얼굴이 붉어졌다. 내가 뭘 잘못했나, 맨 먼저 든 생각이었다. 떨떠름한 모멸감에 남은 수업 시간 내내 고개를 숙이고 있다가 집에 가서 국어사전을 찾아보았다. '①요사스럽고 망령된 것 ②언행이 경솔하고 방정맞은 것'이라 풀이된 '요망'이라는 단어가 이를 계속 휘감았다. 이는 다만 문제 풀이에 열중하던 자신에게선 특별히 요사스럽거나 망

령될 게 없으니, 소리를 지른 언행이 문제인가 아니면 평소 자신의 언행에 문제가 있었나 돌아보며 죄책감에 휩싸였다.

그다음 수업 시간에 원 선생은 아무렇지도 않게 이를 바라보며 유창히 작품 해설을 이어갔다. 이는 자신이 예민했던 건가 또 돌이켜보았다. 목에 닿았던 선뜩한 느낌은 여전히 지워지지 않았지만, 이는 가능한 한 선생님들을 수용하려는 모범생의 태세에 익숙한 채 남은 학기 수업을 들었다. 좋은 입담과 문학에 대한 열정을 지닌 그의 면모를 애써 부각하면서.

그러다 또 그해 교지에 실린 원 선생의 글을 읽고 이는 황망해졌다.

'자기 자신이 입신해서 교만을 부리는 것보다 훌륭히 완성되어가는 남편의 영광된 그늘에 서 있는 여자가 더 보기 좋다…… 아무리 남자가 바보 온달일지언정 평강공주 같은 지혜롭고 슬기로운 여자를 만난다면 백제의 무왕이 안 된다고 누가 단언할 수 있으랴…… 늘 자기만을 위해 토닥거려주기를 바라는 여자의 속성에서 벗어나서 한순간도 남편이 가야 할 길을 잊지 않고 분발하는 여자가 되어야 한다.'

'현모양처'를 장래희망으로 답하는 학생들이 꽤 여럿이던 시절이라 하더라도, 그 글에 담긴 고정관념은 이가 수용할 수 있는 한계를 넘어 있었다. 같은 교지에 가정 선생이 쓴 '여성의 주체적

삶'이라는 글을 보며 그나마 마음을 다독였지만.

그럼에도 원 선생이 다른 학생들을 추행했다는 구체적인 소문은 이의 기억에 떠오르는 것이 없었다. 이는 어눌해진 말투로 듬성히 답했다. 지금 B고 학생들보다 자신의 고등학교 시절 학생들은 덜 민감했을 수 있겠으나, 원 선생이 노골적인 추행으로 소문에 오른 적은 없다고, 고전문학을 다루며 가끔 여고생들이 다 이해하지 못하는 '야설'을 말했던 기억은 난다고.

"자긴 가만히 있어. 괜히 곤란해질 수도 있고. 여교사회 차원에서 방법을 찾아봐야겠네."

송 선생은 원 선생이 수업하는 여학생 반 전체 학생들을 대상으로 성희롱과 관련된 원 선생의 언행에 대하여 설문을 받았다. 조사 결과 강제 접촉이 꽤 있었고, 성희롱적인 발언도 잦았다고 했다. 학생들이 불만을 제기할라치면 원 선생은 위압적 태도와 그럴듯한 언변으로 차단한다고 했다. 학생들의 불만은 학부모들의 귀에까지 들어갔다. 여교사회에서는 공식적으로 문제를 제기하며 '원 선생의 공식 사과와 보직 박탈, 원 선생의 수업 담당 학급을 남학생 반으로 교체할 것'을 요구했다.

2학기를 앞두고 원 선생은 여학생 반 수업에서 제외되었으나 보직은 그대로였다. '물의를 일으킨 데 대해서' 교무회의에서 사과했지만 학생들에게 직접 사과한 것은 아니었다. 원로 여교사들

중에는 이미 담당 학급 교체가 이뤄진 만큼 여학생 반을 찾아가 사과하게 하는 것은 교사 개인의 자존심을 너무 다치게 할 수 있다는 염려를 내비치기도 했다.

그리고 20여 년이 흘러 이는 그 시절 송화연 선생의 연배가 되었다. 1990년대 후반, 원 선생의 추행은 공식적으로 확인되었고 그에 따른 책임도 지게 했으나 2010년대 후반, 손 선생의 추행은 이수에게 통증만 남기고 있을 뿐이었다. 성폭력과 관련한 법률이 제정, 정비되고 교사들에게 성교육 이수가 의무화된 시절에도 추행은 어엿하고 번듯한 표정들 속에서 다시금 자행되고 반복되었다. 피해자가 도움을 얻기보다 입증을 요구받는 동안 가해자는 제도와 권력에 의연히 기생했다.

이는 동주를 만나러 청소년 수련관 안의 카페 '돋움'으로 향했다.

"선생님, 여기예요!"

"여기가 네가 봉사활동한다는 수련관이구나. 고등학교 가서도 계속할 거니?"

"예. 고등학생이 되면 봉사할 수 있는 영역도 훨씬 넓어지거든요. 선후배들도 좋구요."

동주는 지난해부터 수화 동아리 활동을 해오다가 최근 또래 상담 활동도 시작했다고 했다.

주문한 차를 받아들고 이가 자리로 되돌아와 앉았다.

"이수가 무척 걱정되었겠구나."

잠시 침묵하던 동주가 이에게 물었다.

"선생님, 신고함에 넣은 내용이 접수되는 거 맞아요?"

이는 차마 고개를 끄덕이지 못한 채 보건교사와 나눈 얘기의 요점을 추슬러 전했다.

"미안하다, 동주야. 학교라는 데가 아직도 너희의 비명을 소음처럼 여기는 것 같아. ……이수, 너랑 통화는 되니?"

"아니요, 편지를 받고 몇 번이나 전화했지만 통화는 못 했어요. 카톡 계정도 지우고…… 문자도 여러 번 보냈는데 한 번인가 잘 지낸다고만 답이 왔어요. 그 후론 저도 연락 못 했구요. 제가 집으로라도 찾아가볼까 하는데 이수네 주소를 알 수 있을까요?"

"그래, 알아보고 어떻게든 연락이 되면 같이 한번 만나자."

카페 '돋움'에서 다시 만난 동주는 이수의 방에서 오래도록 이야기를 나누었다고 했다. 이수가 음악학원에 다니며 작곡을 배우기 시작했다고도 했다.

"그런데 선생님, 이것 좀……. 이수가 선생님께 보여드려도 된다고 했어요."

동주가 보여준 문자 내용은 손 선생이 보낸 것으로, '함부로 말하지 말고, 조용히 졸업하자.'라고 끝맺고 있었다. 짐작건대 교감이 손 선생한테 '주의'를 준 결과가 그것인 듯했다.

"선생님과 같이 보자고 했는데, 이수가 조금 망설이더라구요."

"그래……."

동주는 이를 물끄러미 바라보다가 이윽고 코코아를 호호 불며 마셨다. 시간이 한참 흐르고 카페 창밖으로 진눈깨비가 내리기 시작했다. 고요한 것은 저 창밖의 풍경일까 혹은 우리 안의 풍경일까, 이는 스스로에게 물었다.

카페 문을 열고 이가 우산을 펼쳤다.

"집에서 나올 땐 괜찮을 거 같아 그냥 왔는데……."

"같이 쓰면 되지."

이는 한 손으로 연둣빛 우산을 들고 다른 한 손으로는 동주의 팔짱을 꼈다. 횡단보도에서 신호가 바뀔 기다리는데 동주가 전화를 받았다. 이수였다. 이는 수치심을 가져야 할 사람들이 외려 수치심을 전가하며 활보하는 세상에서 이수, 그리고 동주와 함께 나눌 이야기의 다른 시작을 곰곰이 생각해보았다.

흩어지면 죽는다

비가 개고 퍽 온화한 겨울날이었다. 빈몸으로 늘어선 가로수들이 가지마다 함초롬히 하늘을 받든 풍경에 이는 마음이 아늑해졌다. 현 선생의 차는 고속도로 위를 경쾌하게 달렸다.

학생회 수련회를 위한 사전 답사를 같이 다녀오자는 이의 요청에 이와 같은 부서인 현 선생은 기꺼이 따라나서며 운전까지 맡아주었다. 신규 발령 받은 지 3년 차인 그는 교과 수업이며 업무 처리가 능숙하고 어떤 일도 씩씩하게 헤쳐갈 듯 밝은 에너지로 충만한 교사였다.

모 대학에서 운영하는 그 수련원은 숙소도 쾌적한 편이었고 취사장이며 편의시설도 잘 마련되어 있었다. 수련원 담당자의 안

내를 받아 이는 현 선생과 숙소 근처의 하이킹 코스까지 살펴보고, 이른 저녁을 먹은 뒤 귀경길에 올랐다. 평일이었지만 병목 지점에서 가다 서다를 한참 반복해야 했다.

"볼륨을 줄일까요?"

"아니, 지금 좋은데요."

라디오에서 흘러나오는 피아노 선율 사이로 이가 물었다.

"현 선생, 이번 겨울방학에는 어딜 다녀오기로 했어요?"

"친구들과 동유럽에 가기로 했어요. 프라하랑 잘츠부르크, 부다페스트를 거칠 계획이에요."

영어 과목을 맡고 있는 현 선생은 음악회며 연극, 춤 등 여러 공연을 섭렵했고, 방학 중에는 각종 연수 외에도 국내외 여행을 빼곡히 챙겼다.

"이번 여행 일정 잡는데 다른 학교에 있는 친구들은 방학 중 근무일 때문에 신경 쓰더라구요. 제가 너희 학교에서는 방학 중 근무에 대한 문제 제기가 없었느냐고 물었더니, 자기들은 발령받은 뒤 관행처럼 근무를 해왔고 대부분 선생님들도 그래봐야 하루 정도라며 그냥 받아들이는 편이래요. 저야 좋지만, 지난번 교무회의 때 교장 선생님께서 부장교사들만 며칠씩 나오는 것은 비합리적이다, 부담을 질 거면 다 같이 나눠 지자 그러시는데, 부장 선생님들한테 조금 죄송한 마음이 들더라구요."

"원래 부장 선생님들도 나오지 않기로 했던 건데, 언제부턴가 한두 분씩 나오다가 그예 순번까지 정해졌던 모양이에요. 어찌 됐든 회의 결과, 방학 중 근무를 하지 않는다는 원칙을 재차 확인 했으니 다행이죠. 예전엔 방학은 물론 공휴일에도 근무를 했거든 요. 나는 명절마다 학교에 나갔어요. 근무 일정이 발표되면 필요 에 따라 서로 조정하곤 했는데, 명절 연휴 같은 날은 신규나 기간 제, 젊은 비혼 교사 들에게 미뤄지곤 했으니까요. 근데 나가서 종 일 하는 일이라곤 전화 두어 번 받는 것 말곤 없었어요."

구식 난로에 고구마를 굽고, 종일 끓인 대추차를 나눠 마시고, 짝이 된 교사와 잡담을 하며 소일하던 풍경이 이에게 아련했다.

이가 학교를 옮길 때마다, 혹은 학교장이 바뀔 때마다 해묵 은 논쟁을 되풀이하는 게 방학 중 근무에 관한 것이었다. 이 문 제에 관한 학교장들의 입장은 강경했다. 이번 겨울방학을 앞두 고도 G중 교무회의에서는 토론이 한참 이어졌다.

"우리 교사들은 학기 중에 교과 수업과 생활지도, 각종 업무 를 처리하며 몸과 마음을 다 소진하지 않습니까. 방학은 재충전 을 위한 시간입니다. 학생들과 다시 건강하게 관계를 이어가기 위해 스스로를 돌보는 시간이고, 관계를 이어갈 내용을 재생산하 기 위한 자기 연수의 시간이죠. 그런데 왜 군이 근무일을 배정해서 별도의 업무를 추가하려 하나요?"

"엄밀히 말해 방학일은 근무일에 포함됩니다. 그 근무일에 자가 연수 등을 할 수 있도록 선생님들이 신청하는 41조 연수의 허가권자도 교장이구요. 방학 중 하루 나와서 봉사하는 게 그렇게 힘든 업무는 아니지 않습니까? 이런 말씀은 드리기가 좀 그렇지만, 외부에서는 교사들이 방학에 일도 하지 않은 채 월급 따박따박 받는다며 탐탁지 않게 여기는 이들도 많아요."

"교육에 필요한 일이라면 왜 저희가 마다하겠습니까? 방과 후 수업이든 학생들과의 체험학습이든 필요한 일이 있을 때는 저희 스스로 방학 중에도 기꺼이 나오는 만큼 굳이 일률적인 당번 제도를 시행할 필요는 없다고 봅니다. 전출입 등의 사무나 공문 처리를 말씀하시는데, 행정실도 열려 있고, 교감 선생님도 계시니 필요한 공문이나 업무가 있을 땐 담당 교사에게 연락을 주시면 되지 않나요?"

"학교장이나 교감도 방학 중에 연수나 출장으로 자리를 비울 수 있어요. 그런 경우를 대비해서라도 누군가는 교무실을 지켜주어야 합니다."

"교무실무사, 행정실무사, 과학조교 선생님 들이 방학 중에 며칠씩 나오시는데, 그분들이 근무일을 서로 조정해주시면 되지 않을까요?"

"학교 행정 인력을 배치하는 것도 꼭 쉬운 일만은 아니에요."

교무회의가 끝난 다음 날, 이는 친하게 지내던 교무실무사의 의견을 들어보았다. 그가 말했다.

"샘, 제가 나서서 그런 얘긴 안 하고 있지만요, 저희도 휴가일을 선택할 권리가 있잖아요. 저희 행정 인력도 모두 같은 날 한꺼번에 쉴 수도 있다구요. 그런데 샘들을 대신해서 저희만 서로 근무일을 조정하라구요?"

이의 얼굴이 붉어졌다.

"지금은 학교에서 요청하는 대로 저희가 근무일을 최대한 조정하지만요, 선생님들의 방학 중 근무 문제를 제대로 풀려면 현재 275일인 저희 근무 일수를 365일로 맞춰주어야 한다고 봐요. 저도 그러면 기꺼이 근무할 수 있으니까요."

이가 단협의 적용을, 권리를 주장하려면 또한 실무사들의 권리, 학교 비정규직 노조의 단협까지 돌아보고 함께 연대를 모색해야 했다.

"이 샘, 단협이 그렇게 오래전부터 체결되었다는데 왜 학교마다 상황이 다르죠? 솔직히 단협이란 쏟아지는 공문이나 때때로 바뀌는 교육정책 속에 삽입된 낡은 책갈피 같달까, 누군가에게는 꽤 소중했을지 몰라도 그 의미가 제겐 잘 와닿지 않는 면이 있어요."

비조합원 젊은 교사인 현 선생뿐 아니라 이에게조차 단협은 언젠가부터 그 뜨겁던 열기며 현장감과 괴리된 채 소식지 속의 홍보 문구로 형해화되는 느낌이었다.

"그러게요. 2000년에 교육부와 노동조합 간의 단체협약이 처음 체결되었을 때만 해도 그 협약의 문구들이 자동적으로 실행되고 적용되는 줄 알았거든요. 근데 체결되고 몇 개월 지나도 그리 달라지는 게 없었고, 그래서 다시 시작한 게 단협 이행 투쟁이었어요."

"이행 투쟁이요?"

"협약 체결은 사용자 대표와 노동조합 대표가 최종 서명함으로써 이뤄지지만, 그 협약서의 내용이 실현되도록 하는 건 전국 1만여 개 학교의 교사들이었어요. 현장에서 끊임없이 요구하고 강제해야 한 줄 한 줄 겨우 실현되는 것이 단협이었죠."

단협 체결 이후 아침마다 출근부에 날인하고 학습지도안을 검열받던 관행을 멈추었다. 때마다 돌아오던 조기청소며 주번활동, 폐휴지 수합에 장학적금, 어린이 신문 구독 업무까지 맡아 하던 교사들의 잡무를 폐지했다. 학급운영비를 학교 예산에 반영하고 학교 경상 운영비의 5퍼센트를 도서 구입비 및 도서관 운영비로 책정했으며, 학생들의 실험실습 자료를 학교 예산으로 마련했다. 현장의 실질적인 변화를 보면서 교사들은 '노동조합'이라는 말에 대해 가졌던 불편한 감정을 기꺼이 내려놓고 더 많은 진전을 기대하며 노동조합 활동에 호응했다. 합법적인 노조원으로서, 혹은 암묵적인 지지층으로서 단체협약의 성과가 무화되지 않도록 이행 요구 버튼과 리본을 달고, 서명에 함께했다. 이행 투쟁의 과정에서 질척이는 현장 속을 함께 힘껏 달렸던 이들과의 경험이 이에게는 깊숙이 각인되어 있었다.

"맨 처음 단체협약이 체결된 때가 2000년 6월이었어요. 1999년에 전교조가 합법화되고 1년여 동안 교섭에 공을 들인 결과였죠. 당시 전체 교사들에게 설문한 결과 단협의 핵심 요구 사항으로 꼽았던 게 학급당 학생 수 감축, 표준 수업시수 법제화, 교장 선출 보직제 들이었어요……. 요즘 같으면 학교 현장에 제일 필요한 부분이 뭘까요?"

"제게 제일 절실한 걸 말하라면, 글쎄…… 학생들을 위한 전문 상담사 확충이 아닐까요? 각종 보고서와 공문도 축소되거나 간소화되었으면 좋겠구요. 저도 샘들이 애쓰신 덕에 교육환경이 많이 개선되었다는 건 잘 알고 있어요."

현 선생은 그러나 아직 노동조합과는 일정한 거리를 유지하고 있었다. 저렇게 유능하고 발랄한 후배들이 조합원으로 함께하면 얼마나 활력이 될까 싶어 이로서는 가입을 설득하고도 싶었지만, 현 선생은 현명한 처자였다. 노동조합의 노력으로 개선된 교육 현장의 모습이랬자 그건 현 선생에게 이미 초기 설정값일 뿐 특별한 감회나 의의를 둘 까닭이 되지 않았으리라. 다만 교무 회의에서 자신이 '방학, 재량 휴업일에 강제적인 근무조 운영을 폐지한다'라는 단협의 문구를 힘주어 말할 때 현 선생이 진지하게 귀 기울이던 것을 이는 인상적으로 기억하고 있었다.

"어렵게 체결된 단협 사항이 학교 현장에서 버벅거리며 뭉개질 때마다 그 가을날들이 어김없이 떠오르는 거예요. 현 선생, 누구에게나 샘물 같은 기억이 있잖아요. 쨍하니 혈관 끝까지 적셔 오는 그런 샘물……."

이가 차창 너머 어둠을 응시했다.

"그 가을에 선생님은 어디에 계셨는데요?"

청량한 현 선생의 목소리에 이는 어떤 대답을 해야 할까 망설였다.

2000년 10월, 대통령의 노벨 평화상 수상 소식이 전해지던 날, 붉은 노을이 선연하던 저녁 하늘을 등지고 전경들에 떠밀려 닭장차에 구겨 넣어졌다고, 오전에는 교육부 앞마당에서 연좌를 하다 강제 해산되고 오후엔 다시 청와대 안까지 기습적으로 뛰어갔다가 연행되어 경찰서에서 하루를 보내야 했다고 답해야 하나 생각하다가, D중에 있었다고 말했다. 아직도 교육부 앞에서

악을 쓰던 다른 대의원의 목소리가 귓가에 선하지만 실시간으로 유튜브며 페이스북이며 다양한 영상과 속보가 생산되고 소모되는 시절에 그런 이야기를 하기란 왠지 흑백 필름을 구식 영사기로 돌리듯 민망스러웠다.

그럼에도 평화는 그런 저녁과 밤을 함께 보낸 이들에게 귀속되는 것이었다. 분노를 등에 졌던 사람들이 옹송그렸던 어깨들을 펴고 마주 앉아 그러안고 나누었던 시간들. 함부로 치하하거나 폄훼할 수 없는, 서로의 심지가 되고 서로에게 불을 당기는 평화…….

선봉대라는 거창한 이름으로 호출되었지만, 대부분의 참가자들은 지회 단위의 집행부원, 대의원 들이었다. 이 또한 분회장의 요청으로 한두 번 지회 사무실에 다녀오다 몇 안 되는 집행부가 빠듯이 업무를 꾸려가는 것을 보고 손을 보태었는데, 전교조 신문을 발송하고 소식지 편집을 돕고 집회에 머릿수 하나 보태는 일들을 하다보니 대의원까지 맡게 되었다. 처음으로 대의원대회에 참석했을 때, 전국 수백 명이 한자리에 모여 원안, 수정안, 재수정안을 내고 규칙과 순서대로 찬반 토론과 표결을 진행하며 민주적 의사 결정을 이루어가는 것을 보며 이는 노동조합에 대한 자긍심을 가졌다. 함께 결의한 말이 함께 바꾸어내는 힘이 되기 위해서는 광장이 필요했고 대의원들은 그 광장에서 먼저 아우성이 되는 사람, 먼저 펄럭이는 깃발이 되는 사람이었다.

"D중이요? 저희 집에서 가까운데……. 그 당시 D중의 분위기는 어땠나요?"

"좋은 사람들이 많았죠. 2000년에 발령받고 갔는데 교단 일기를 함께 쓰는 선생님들만 해도 서른 명이 훌쩍 넘었으니까요. 전교조가 합법화된 초기였고, 사명감과 설렘, 결기와 정성이 괴리되지 않던 시절이었어요. 관리자들은 단협을 번거로이 여기고 가능한 뭉개고 싶어 하는 눈치였지만, 조합원들은 교무회의 시간마다 이행되지 않은 항목을 짚어가며 타당성을 따지고, 인근 학교의 사례들을 들면서 단협의 이행이 교육환경을 개선하고 교육의 질을 높여가는 방편임을 설득했죠. 전교조 지부에서는 교육청에 이행 점검을 압박했고 교육청에서는 주요 단협 사항에 대한 이행 여부를 묻는 공문을 띄웠어요. 여러 번의 토의 끝에 D중은 결국 모든 사항이 이행되었다고 보고하게 되었죠."

단협이 체결되고 얼마 안 되어 D중 분회운영위원회에서는 교장실을 찾아갔다. 분회운영위원으로 함께 일을 하던 이도 선배들을 따라 '분회·학교장 간담회' 자리에 참석했다. 잠시 덕담을 주고받은 뒤 분회장이던 고 선생은 학교장에게 정기 간담회를 통해 학교의 현안에 대한 교사들의 의견을 수렴하고 협의하는 장을 마련하자고 제안했다. 이어 단협의 주요 사항을 조목조목 들며 이행의 시기와 방식을 빠른 시일 내에 공표할 것을 요구했다. 그런 자리는 학교에서 이가 처음 겪어보는 것으로, 교사들에게 항상 먼저 요구하던 교장이 이제는 교사들의 요구를 듣고 수용해야 하는 위치에 놓이게 된 셈이었다.

"선생님, 우리가 권력자가 된 것 같아 조금 불편했어요."

교장실을 나오면서 이가 주저주저 말을 꺼내자 고 선생이 대거리했다.

"뭐가 이루어진 게 있다고 우리가 권력자야?"

고 선생과 같은 해직교사 출신인 정 선생이 빙그레 웃으며 말했다.

"권력이면 다 나쁜 건가. 학교장의 권력이 단위학교에서 개인적으로 행사되는 것이라면, 우린 여럿이 함께 서로 토의하고 견제할 수 있는 조직이니까 권력을 더 민주적으로 활용해나갈 수 있겠지."

노동조합원들을 언제까지나 피억압자로 위치 지으려 했던가, 이는 반추하며 스스로를 다독였다.

"여교사들이 보건휴가를 쓸 권리도 그때 처음 도입되었죠. 자신이 먼저 보건휴가를 써 보이겠다던 분회 총무 선생님이 교감 선생님한테 대체 강사를 구해달라고 했어요. 교감 선생님은, 다른 교사들은 학생들 생각하며 힘들어도 제 수업을 놓지 않는데 '건강 체질'인 김 선생이 꼭 그런 휴가까지 써야겠냐고 떨떠름히 답했어요. 총무 선생님이 '부당 노동 행위' 운운하자 교감 선생님은 얼굴이 붉으락푸르락하며 매우 억울해하셨어요. 나도 간혹 퇴근길에 전철역에서 교감 선생님을 마주치곤 했는데, 이웃집 아저씨처럼 푸근하고 소박하게 먼저 이야기를 풀어놓는 분이었거든요. 하여튼 총무 선생님을 필두로 몇몇 여교사들이 보건휴가를 냈을 뿐 아니라 예전에는 연가나 병가 쓰기를 주저하던 교사들이 자연스레 휴가를 냈고 학교에서는 대체 강사를 구했어요. 수업 결손은 없었어요. 현 선생도 알잖아요, 자기 수업에 대한 책임과 애정이 대부분 교사들의 동력이니까요."

"그 교감 선생님은 그 후로도 잘 지내셨어요?"

"그럼요. 이듬해엔 서울 반대편 끝에 있는 학교로 교장 발령을 받으셨는데, 그 학교 교사들에게 보건휴가뿐만 아니라 필요한 휴가를 적극 활용하라고 해서 환영을 받았다고, 인사 갔던 선생님들한테 말씀하셨다더라구요."

"그러니까 그때가 선생님이 말씀하신 가을이에요?"

"그리고 그 이듬해였어요. 기실 합법화되었다 해도 노동삼권 중 전교조에 보장된 건 단결권과 단체교섭권뿐이었는데, 그나마 단체교섭의 범위도 교육정책 등은 제외하고 경제적 권리에 대한 것으로 제한되어 있었어요. 2001년은 교육부와 전교조 사이에 더 팽팽한 기싸움이 벌어졌어요. 7차 교육과정이 도입되면서 수월성 교육이 강조되고, 자사고·우열반 등이 쟁점이 됐어요. 교사들에게 성과급이 처음 지급된 것도 그해예요. 게다가 연금법도 바뀌면서 젊은 교사들의 연금이 깎이게 되었구요. 사용자들은 경제적 요구에는 한결 관대하지만 정치적 요구에는 완강히 벽을 치죠. 근데 삶 안에서 경제와 정치가 그렇게 쉽게 분리될 수 있는 건가요. 빵을 한 개 더 달라고 하면 그야 내놓을 수 있지만 빵을 우리가 배분하겠다고 하면 그렇게는 못하겠다는 논린데, 빵이 고르게 분배되기는커녕 빼돌려지거나 몇몇에게만 배불리 제공된다면 어떻게 우리가 한두 개 더 늘려달라는 요구에만 머물 수 있겠어요. 성과급이라는 제도가 결국 교사들의 업무를 계량하며 교육의 자율성을 훼손할 게 뻔한데, 성과급의 기준을 공정하게 다듬는다거나 차등액의 폭을 조정하는 게 교사들의 삶과 교육의 질을 보전할 수 있는 방법일 리 없었죠. 성과급 반납을 비롯해 우린 더 많이 요구하고 더 완강해지는 것을 택할 수밖에 없었어요."

"저는 외고 출신이라서 그런지 자사고나 우열반에 대해선 큰 반감은 없어요. 중3 때 저희 반은 즐겁긴 했지만 늘 수업 분위기가 들뜨고 어수선했어요. 근데 고등학교에 가보니 다들 공부에 대한 의지만큼은 확실했어요. 친구들은 말했죠. 내신 때문에 스트레스를 받긴 하지만, 내신이 좀 처져도 우리 학교 브랜드가 받쳐준다고 생각하면 감수할 만하다구요."

"그 안에서라면 그런 생각도 자연스러울 것 같아요. 근데 내가 근무하는 학교가 자사고가 된다는 건, 그전에 수용하던 성적 하위 50퍼센트 학생들을 쫓아낸다는 것이니까, 바꿔 말하면 다른 학교의 성적 상위 50퍼센트 학생을 우리 학교에 유치하는 대신 그 반대의 학생들을 그 학교에 밀어넣는 것이니까, 이른바 브랜드 학교의 외곽에 슬럼화된 학교들이 줄짓게 되는 거니까 교사로서는 간단히 생각할 수가 없었어요."

"하기야 제 친구 한 명도 일반 인문계 고등학교에 있는데, 선배 선생님들이 예전보다 수업하기가 너무 힘들어졌다며 답답해하신다더라구요."

"D중 분회운영위에서는 9월, 10월 내내 교육부 정책을 분석한 글들을 모아 토론 자료집을 내고 홍보지를 돌렸어요. 대의원 대회에서 연가투쟁을 포함한 총력 투쟁을 결의한 데 따라 D중에서도 두 차례의 분회 임시총회를 열었죠. 여의도광장에서 열리는 1박 2일의 집회를 앞두고 D중에서는 출정식을 했어요. 열 명이 넘는 조합원들이 연가를 냈고, 몇몇 조합원들은 조퇴하기로 했어요."

출정식 장소인 3학년 1반 교실은 조합원들로 가득 찼다. 당시 D중에는 육아방이 있었는데, 어린 두 딸을 그곳에 맡기던 송 선생은 훗날 두 딸에게 부끄럽지 않기 위해 어떤 선택을 해야 할까 곰곰이 생각한 끝에 연가를 냈다고 말했다. 미래 세대를 위한 결행. 그건 익숙한 말이었을지 몰라도, 학급운영이며 분회 활동에서 송 선생의 묵묵한 실천을 익히 보아온 분회원들에게 그날 그의 비장한 어조는 콧등을 시큰하게 했다. 그렇게 저마다 함께하는 소회를 돌아가며 밝힌 후 마지막으로 결의문을 읽었다. 분회장 성 선생은 그해 초, 축제 같은 경선을 벌인 끝에 뽑힌 듬직하고 눈 맑은 30대 초반의 교사였다. 분회에서 가장 젊은 조합원인 민 선생이 전문을 또박또박 읽은 뒤 성 선생이 우렁우렁 구호를 외쳤다.

– 우리는 '효율성'과 '수월성'을 앞세워 소수 부유층 자녀들만을 엘리트로 키워내고 대다수 서민들의 자녀들에 대한 공교육을 포기하는 데 반대하며, 교육 공공성과 교육 평등권 확보를 위해 힘차게 투쟁한다!
– 우리는 이번 성과급 반납, 조퇴·연가 투쟁 과정에서 보여준 동지들의 뜨거운 애정과 서로에 대한 신뢰를 바탕으로 분회의 활동력을 더욱 강화하고 학교 민주화와 학생들을 위한 질 높은 교육에 최선을 다할 것을 결의한다!

'굴종의 삶을 떨쳐 반교육의 벽 부수고 침묵의 교단을 딛고
서……'

수차례 들었던 노래였지만, 그날 이가 느낀 그 노랫말의 체감
온도는 훨씬 뜨거웠다. 그것은 이네들의 현장이 그대로 광장으로
타올랐기 때문이었다.

"여의도에는 많이 모이셨어요?"

"1만 5000명이 넘었으니까, 전교조 집회 중 가장 많은 참여
인원을 기록한 날이었을 거예요. 광장은 전국에서 올라온 선생
님들의 천막이며 깃발들로 북적였죠. 10월 말이었으니 밤공기가
제법 쌀쌀한데도 철야 문화제 하는 내내 열기가 식지 않았어요.
우리가 1부 집회를 마치고 도시락을 나눠 먹고는 이어지는 문화
공연에 합류할 즈음이었어요. 저만치 D중 선생님들이 무리 지어
오는 거예요. 어린 자녀의 손을 잡고 온 선생님, 남편에게 캔 커
피며 빵이며 바리바리 싸 들리고 온 선생님 등 연가를 내거나 조
퇴를 하진 않았지만 그 저녁에 학습권 침해며 강력 징계 운운하
는 TV 뉴스만 보고 있을 순 없어서, 광장의 동료들에게 온기를
보태고 곁이 되려 나온 분들이었어요."

'휘몰아치는 거센 바람에도 부딪혀오는 거센 억압에도 우리
는 반드시 모이었다 마주 보았다……'

이런 노랫말들이 여전히 누군가에게는 생소했을 터. 그러나 이는 그날 문화제에서 홍 선생이 자신의 어깨를 꽉 부여잡았을 때, 함께 노랫가락에 따라 온몸을 들썩이며 선동대의 율동을 따라 할 때, 흠뻑 나누었다. 깃털 같은 영혼들이 모여 완강한 둥지를 트는 기쁨의 순간을.

밤이 깊자 몇몇은 지부, 지회별로 마련한 천막 한구석에 침낭을 깔고 누웠다. D중 조합원들 중에서 가장 선배 격인 정성일, 정진수 선생이 가장 늦게까지 남아 춤추며 신명을 돋우었다. 문화 행사를 마무리하며 2000개의 횃불이 새벽이 되기 전의 깊은 어둠을 살랐다. 짧은 휴식과 침묵의 시간이 곤한 영혼들 위에 내렸고 오래지 않아 동이 텄다.

"연가 당일 아침에는 간단한 집회를 갖고, 서울의 중심지 열여덟 곳에서 인간 띠 잇기를 하면서 시민들에게 우리 뜻이 담긴 유인물을 돌렸어요. 오후엔 다시 여의도광장으로 모여 서로의 활동을 보고하고 향후 계획을 공유했죠. 다소 늘어지고 나른한 오후였는데, 우린 집회 도중 다시 탄성을 질렀어요. 저만치 또 다른 D중 선생님들이 보이는 거예요. 그날 수업을 마친 선생님들 여럿이 김밥을 싸 들고 오셔서는 우리의 손목을 그러쥐셨죠."

"따뜻한 기억이었겠네요, 샘께는……."

경쾌한 현 선생의 음색이 단조로 기울어졌고, 그것은 이에게 현실 감각을 일깨웠다.

"제가 중2 때 담임 선생님을 무척 좋아했었어요. 그분도 전교조 활동을 열심히 하는 분이라고 알고 있었어요. 근데 그분 딸이 저와 같은 외고에 입학해서 2, 3학년 때 같은 반에서 지냈어요. 면 단위 중학교 출신인 저와 달리 그앤 시내의 중학교를 나왔고, 입학 당시 성적도 최상위권이었죠. 주말이면 그 선생님 부부가 기숙사로 친구를 찾아오기도 해 저도 몇 번 인사를 했는데 학교에서 뵙던 때랑은 조금 다른 느낌이더라구요. 고3이 되고 첫 중간고사를 치렀을 땐데 그 친구가 펑펑 울었어요. 내신 1등급 범위에서 벗어났다구요. 친구들은 나름 위로를 했지만 그다지 도움이 되진 않는 듯했어요. 친구는 밤잠 줄이며 공부했는데 모의고사 성적도 썩 오르진 않는 것 같았어요. 그 뒤 친구는 주말마다 서울 강남에 있는 학원을 다녀오곤 했죠. 내신은 1등급에 맞춰졌지만 그해 수능에선 목표치만큼 점수가 나오지 않아 원서를 낸 학교마다 떨어졌어요. 다시 기숙학원에 들어가서 재수 끝에 원하던 학교 법대에 입학했다는 소식을 들었어요. 그런데 얼마 전 용산역에서 KTX를 타려다 집으로 내려가시는 그 선생님을 우연히 만났어요. 그애가 고시원에서 몇 년째 고시 준비하고 있다며 씁쓸레 웃으시더라구요. 그분 가슴에도 한동안 '공교육 정상화, 교육 평등권'이니 하는 말들이 적힌 리본이 달려 있었죠. 아이들에게 늘 친절하고 재미나게 수업해주시던 분인데……."

현 선생의 얘기에 이의 가슴속 기억들이 빛깔을 잃은 채 출렁거렸다. 이도 비슷한 예를 여럿 보았다. 조합원 부모들은 사교육에 반대하고 특목고에 반대하지만 어떤 자녀들은 경쟁 체제 속에 뒤처짐 없이 좋은 대학, 좋은 직장에 다니고 싶어 했으며, 누구도 부모들의 소유물은 아니었다. 개중에는 먼저 나서서 자녀들을 부추기고 다그치며 물적, 인적 자원을 온통 쏟아붓는 부모도 있었다.

이는 다시 스스로에게 물었다. 수십 개의 단협 조항들이 체결되고 갱신되었지만 왜 학교 현장은 이가 초임이던 1990년대 초반보다 현 선생이 초임인 2010년대 후반에 더 바쁘고 빠듯하게 돌아가는가. 학급일지, 교무일지 등은 폐지되었으나 NEIS 전산 시스템에 새로 입력할 항목이 늘어났다. 조기청소와 폐휴지 수합 같은 업무 대신 상담, 진로 진학 지도, 학교폭력 예방, 인성교육, 성교육, 다문화교육 등 시대 변화가 요구하는 또 다른 업무들은 날로 비중이 확대되었다. 학령인구 감소로 단위학교당 학급 수와 교사 수는 줄어들었는데 학교 전체의 업무의 총량은 줄지 않았다. 변화하는 현실에서 무엇이 긴요하고 무엇이 불필요한지, 어떻게 업무 부담을 줄이고 본연의 교육활동에 충실할지 적극적인 논의가 필요함에도 교사들 간의 대화며 토의의 밀도는 떨어져가고 있었다. 이 자신도 '혁신교육지구'니 '인권교육'이니 '복지업무'에 떠밀려, 타 부서를 찾아가 차를 나누고 함께 햇살을 쬐며 소소한 수다에 변죽을 울리던 기억이 가물했다.

힘주어 말하던 '교장 선출 보직제'는 이슈에서 멀어지고 소수 학교에서 '내부형 교장 공모제'를 도입하는 데 그쳤다. 전교조 활동가들을 포함하여 역량 있고 개혁적인 인사들이 교장의 역할을 맡아 학교를 견인하고 있었으나 단위학교의 성과가 전체 학교로 확산되기에는 교사들의 공감이 충분히 무르익지 못했다. 전교조 지부장을 역임했거나 진보적인 교수단체에서 활동하던 교수들이 교육감이 되었지만, 4년마다 이어지는 선거를 기점으로 성과를 내야 한다는 조급함에서는 이전 교육감들과 그리 다를 바 없었고, '나눔·성장·배려' 등을 모토로 하는 '혁신교육'은 헌신적인 교사들의 열정에도 불구하고 '학력 신장'의 허울을 떨치지 못한 채 방어적인 태세로 주춤거렸다.

학부모들은 구조조정되고 비정규직, 파견직으로 전락하며 학생들은 졸업 후 계약직으로 내몰리는데, 부부교사라면 상위 10퍼센트 부유층에 들 만큼 교사들의 생활은 비교적 안락하고 공고했다. 조직의 선두에서는 명분과 대의를 선명히 담은 플래카드며 깃발을 내걸었지만 광장을 채우는 이들은 줄었으며, 캔 커피나 김밥을 싸 들고 와서 수고했다며 손을 움키는 이들도 예전만큼 보기 어려웠다. 그들 중 일부는 조합을 탈퇴했다. 소속감과 효능감, 우정과 연대, 그저 같이함으로써 유쾌하고 즐거운 무엇을 지속적으로 나누려면 무엇이 더 필요했던 것일까.

이는 또 지난번 학년 협의회를 마치고 치맥을 나누던 자리에서 최 선생이 꺼냈던 이야기를 회상해보았다. 1990년 2월, 그는 졸업장 꾸러미를 들고 자기 교실로 들어갔다. 그러나 학생들은 그에게 졸업장 받기를 거부했다. 그는 해직교사가 맡았던 반의 담임 역할을 해왔지만 2학기 내내 학생들은 그를 받아들이지 않았다. 반 학생들은 친부는 따로 있다며 가족이 되어 생업을 꾸려온 새아버지를 냉랭히 외면하는 사춘기 자녀들과 같았다.

이는 그와 두 차례나 같은 학교에서 근무했던 경험이 있기에 그가 얼마나 성실하고 무욕한 교사인지 잘 알고 있었다. 성과급 균등 분배를 할 때 반납 통장에 가장 먼저 입금한 사람도 그였다. 그는 과학도였고 관념적인 것이나 이념은 일부 거추장스레 여겼을지 몰라도, 동료들이 교단에서 쫓겨나갈 때, 그들이 교문 앞에서 가로막힌 채 출근투쟁을 할 때 얼굴이 붉어졌던 순간들을 놓지 않은 사람이었다. 그런 그가 예정에 없던 담임을 맡아 학생들에게 상처를 주지 않으려고 조심조심 최선을 기울였건만, 그날 학생들은 끝까지 등을 보이며 그를 거부했다. 그때 느꼈던 당혹

과 모멸을 아직도 잊을 수가 없다고 그는 이에게 토로했다. 아마
도 학생들이 거부한 건 최 선생 개인이 아니라, 원래 담임을 앗아
간 당국과 학교일 터지만, 그날 그 교실에서 그런 학생들을 이해
하고 끌어안기란 누구에겐들 쉬운 일이 아니었으리라. 그 학생들
과 학교 담장 밖의 교사들을 절절히 이어내던 마음의 빛살들은
어떤 것이었을까. 더께 앉은 최 선생의 상처에 새살을 돋게 할 관
계들은 어디에서 다시 맺어질 수 있을까.

"그런데 선생님, 제 동생이 요즘 노동조합 일 하느라고 한참
바쁘더라구요. 동생은 어렸을 때부터 요리를 좋아했고 〈제빵왕
김탁구〉를 보면서 파티시에가 되고 싶다며 제빵학원도 열심히
다녔거든요. 전문대 제과제빵과 나와서 어렵게 제빵회사에 취직
했어요. 그런데 빵 만드는 소모품을 사비로 구입하게 하는가 하
면, 화상을 입어도 산재 처리도 안 해주고, 빵 제조 담당자들에게
대장 관리를 맡기고, 성희롱도 빈번했대요. 게다가 본사에서 직
접 고용하지 않고 협력업체로 파견근무시키구요……."

"나도 기사를 봤는데……. 시작하는 시기인 만큼 이것저것 챙
길 것도 많겠네요."

"동생이 너무 애쓰지 말았으면 좋겠어요. 회사일에 조합일까
지 맡아 하다가 몸도 마음도 지칠까 걱정이에요. 회사에선 노조

활동을 탐탁지 않게 여길뿐더러 방해도 서슴지 않는 모양이던 데……."

"동생도 현 선생처럼 씩씩한 사람이군요."

이는 힘이 들어도 힘을 얻는 곳이 노동조합이라는 말을 덧붙이려다 그냥 혼자 곱씹었다. 얼마 전 이는 '방학 중 근무'를 둘러싼 단협 조항의 이행이 각 학교마다 들쭉날쭉한 데에 대해 조합 소식지에 투고한 적이 있었다.

'단협을 체결하는 것의 의미를 공유하고 단협을 이행하기 위한 학교 내의 실천이 부재하기에, 단협은 우리 내부에서 무너지고 있는 것이다. 현장에서 토론하고, 토론의 결과로 단협을 체결하고, 실천 속에 단협을 이행하지 않는다면, 우리는 내용 없는 '강성', 현장성을 잃어버린 '귀족노조'라는 비아냥에서 마냥 자유롭지만은 못할 것이다.'

원고는 채택되지 않았다.

밤이 되면서 현 선생의 차는 매끄럽게 속력을 더해 어느덧 서울의 익숙한 거리로 들어섰다.

"선생님, 휴직하신다고 들었어요. 얼마 전에 학생회 선규가 찾아왔던데……."

"선규가요?"

흩어지면 죽는다

"선생님이 안 계시니 내년에 제가 학생회 지도교사를 맡아줄 수 있겠느냐구요."

얼마 전 학생회장 선거에서 당선된 선규가 내년도 사업이며 공약 실행 방안을 구상하면서 이것저것 요청하자 이가 아무래도 내년엔 함께하지 못할 것 같다고 말했는데, 영특한 그 아이는 교사들의 업무 분장 신청이 시작되기 전에 현 선생에게 삼고초려하려던 모양이었다. 이는 웃으며 물었다.

"그래, 현 선생은 뭐라고 답했어요?"

"생각해보겠지만, 다른 선생님께 더 알아보라고 했어요."

"내가 보기에도 샘이 적임자 같은데……."

"전 샘처럼 학생회 운영위원회니 학교장과의 간담회니 학생회 뉴스 제작이니…… 그런 일들을 꼼꼼히 진행할 자신이 없어요."

"학생들과의 코드는 나보다 훨씬 잘 맞잖아요. 학생회가 교사의 것도 아닌데 학생들 얘기 들어주면서 필요한 부분만 협력해주는 게 제일 좋은 지도죠. 지난 2년간 내가 과도한 면이 있었어요. 이번 수련회에 현 선생도 같이 가볼래요?"

"아, 샘도…… 거기 가면 그대로 코 꿰이는 거잖아요. 싫어요. 저, 더 생각해볼래요."

이는 성급했던 자신이 부끄러웠다. 고개를 떨구는 이를 향해 현 선생이 부드러운 미소를 지어 보였다.

"그보다 선생님, 잘 쉬고 오세요. 고단함이 묻은 어깨도, 무겁게 부은 발등도 다 내려놓으시고……."

어느새 차는 학교 앞에 도착했다. 출발지이자 목적지였던 학교 앞에서 현 선생은 이를 내려주고 다시 차에 시동을 걸었다. 깊어가는 겨울밤, 가로등 저 앞으로 현 선생의 경차가 헤드라이트를 밝히며 유연히 달려갔다.

선생님, 우리 단합해요

학급 자치회의

"학급별 참여예산은 생일잔치, 학급 문집 만들기, 학급 단합대회 등 우리가 만드는 학급 행사에 쓸 수 있다고 합니다. 우리 반에서는 학급자치활동비를 어떻게 쓰면 좋을지 의견을 내주세요."

대의원회의에 다녀온 학급회장 영표가 학생들에게 회의 내용을 전달했다. 2017년, 서울시교육청에서는 '교복 입은 시민'을 내세우며 학생회에 학생자치를 위한 예산을 적극적으로 지원해주었고, G중 학생회에서는 그중 학생 참여예산의 일부를 다시 학급별 참여예산으로 10만 원씩 배정했다는 것이었다.

중학교에 입학한 후 처음 열리는 학급회의라 회의 경험이 부족한 학생들에게 이가 회의 규칙에 대한 설명을 덧붙였다.

"발표할 때는 꼭 손을 들고 의장에게 발언권을 얻어야 합니다. 의견을 제안할 때는 그 의견이 왜 타당한지 설명을 해주세요. 제안 설명 후에는 각각의 의견에 대해 질의응답과 찬반 토론을 진행하고 표결을 통해 최종안을 의결하게 됩니다."

형식은 내용을 치밀하게 만든다. 이는 소소한 금액이지만 성실한 토론 속에서 참여예산이 집행되는 경험을 학생들과 나누고자 했다.

"무슨 학급별 참여예산이 세뱃돈보다 적어요. 꼴랑 10만 원으로 26명이 할 수 있는 게 뭐가 있어요!"

몸집도 크고 씀씀이도 큰 이한이가 시큰둥한 반응을 보였다.

"필요하다면 학급 운영비를 보탤 수도 있어요."

이가 말했다.

"학급 운영비는 얼만데요?"

"1년에 20만 원이에요."

"한 달이 아니라 1년에요?"

이한이의 말에 이가 학교 예산의 규모를 거론하며 학급 운영비의 편성 과정까지 설명을 더했다. 잠시 뒤 발표에 적극적인 시준이가 먼저 발언을 청했다.

"한 사람당 2000원꼴인데 비용에 맞추어 피자 파티나 합시다."

시준이의 말을 듣고 이한이가 시큰둥 모드에서 벗어나 손을 들더니 이번에는 치킨 파티를 제안했다.

"치킨은 대한민국 대표 간식이잖아요? 중간고사 끝나고 모둠 끼리 둘러앉아 치킨을 나눠 먹으면 학급 분위기도 더 화목해질 것 같습니다."

피자 파티와 치킨 파티에 이어 정우는 삼겹살 파티를, 진희는 단합대회 겸 요리대회를, 은정이는 롯데월드 가기를 제안했다.

각각의 의견에 대한 질의응답과 찬반 토론이 나름대로 진지 하게 이어졌다. 일례로 치킨 파티에 대한 논의 과정은 이러했다.

"아까 치킨이 대한민국 대표 간식이라고 했는데, 왜 대한민국 대표 간식이 치킨인가요?"

진혁이가 두꺼운 안경 너머 눈을 끔뻑거리며 묻자 분위기가 갑자기 서늘해졌다. 진혁이는 수업 시간에도 곧잘 질문을 하곤 했는데, 다른 학생들과 코드가 살짝 엇나가는 것들이 많았다. 그 럼에도 꿋꿋하게 다시 손을 들곤 했다. 그런 진혁이의 질문에 이 한이가 자리에 앉은 채 짜증스레 답했다.

"아, 그냥요!"

"질의에 대해 구체적으로 답해주세요."

영표의 말에 이한이는 잠시 머뭇거리다 일어서서 말했다.

"가족들과 제일 만만하게 시켜 먹는 간식이고 동네 어디에나 치킨집은 있으니까요."

찬반 토론에서는 혜은이가 반대 토론자로 나섰다.

"치킨 파티를 하면서 친구들과 화목해진다고 했잖아요. 근데 제 생각에는 누구나 닭다리를 먹고 싶어 할 것 같거든요. 그러면 서로 닭다리를 먹으려다가 싸우게 될 수도 있지 않을까요?"

"풋!"

참고 있던 이가 웃음을 터뜨렸다. 급기야 얼굴을 손으로 가린 채 한참 어깨를 들썩였다. 학생들도 킥킥댔다. 그 와중에 용훈이가 다시 찬성 의견을 펼쳤다.

"그러니까 오히려 단합이 될 수도 있다고 봅니다. 친구를 위해 닭다리를 양보하며 나눠 먹고 배려하는 마음을 배우는 거죠."

제안된 의견마다 질의응답과 찬반 토론을 마치고 표결한 결과, 피자 파티 2표, 치킨 파티 2표, 삼겹살 파티 5표, 요리대회 8표, 롯데월드 가기 8표, 기권이 1표가 나왔다. 요리대회와 롯데월드 가기를 두고 재투표를 했고 요리대회가 과반수의 동의를 얻었다. 롯데월드는 개인이 부담하는 비용이 커진다는 점과 놀이기구 타는 것을 즐기지 않는 친구가 있을 수 있다는 점이 문제로 지적되었고, 그에 비해 요리대회는 모둠별로 메뉴를 정하고 함께 요리를 해나가는 과정에서 요리를 잘 못하는 친구들도 배울 수 있고 서로 친목을 쌓을 수 있다는 점이 장점으로 부각된 것이었다.

이어서 요리대회 추진위원회가 구성되었다. '부모님이 낸 세금으로 하는 행사이니만큼 배달 음식을 시켜 쉽게 끝내기보다 조금 번거롭더라도 추억으로 남을 수 있는 행사를 하자'며 요리대회를 제안했던 진희가 첫 번째 추진위원이 되었고, 진희와 친한 세연이가 함께 나섰다. 진희가 여학생, 남학생이 함께 협력하기 위해서 남학생들도 추진위원으로 나서달라고 하자, 이한이와 승훈이가 손을 번쩍 들었다. 요리사가 꿈인 승훈이는 그럴 법했지만 이한이가 손을 든 건 조금 의외였다.

악동 삼인방

이한이는 혜은이, 시준이와 함께 시끄럽기로 제일가는 악동 삼인방이었다. 몸은 칠판과 45도로 틀어져 있었고 조용한 수업 중 미세한 균열이 보이면 그 틈을 파고들어 종이 쪼가리를 던지거나 우스꽝스러운 동작을 해서 분위기를 흩뜨렸다. 연필을 잡기도 힘들어하는 이한이의 책상 속에는 1/3도 채우지 못한 과목별 학습지가 아무렇게나 구겨져 있었다. 기초학습이 너무 부진하다 보니 도무지 수업 시간을 견디기 어려워하는 것 같았다. 게다가 꽤 다혈질이어서 사소한 말다툼 끝에 주먹을 날려 친구들에게 심각한 부상을 입힐 뻔한 적도 있었다. 학기 초 정서 행동 검사 결과가 걱정되어 이가 따로 불러 상담했을 때, 이한이는 중학교 올라와서 학업 스트레스가 너무 심했는데, 부모님을 설득해 공부에 대한 기대를 '확실히 접도록' 하고 나니 한결 마음이 편해졌다고 말했다. 더 나아가 자신은 모든 수업 시간이 즐겁다고도 했다.

이한이의 과잉행동에 과도한 반응으로 답하는 학생이 혜은이였다. 혜은이는 수업 시간에 웃음이 터지면 참지 못하고 숨이 넘어가도록 한참을 깔깔거렸는데 특히 이한이의 우스꽝스러운 행동에 와자하게 웃어댔고, 그것이 수업의 맥을 끊었다.

대부분의 학생들은 혜은이의 웃음이 또 저렇게 지나가겠지 했지만 시준이는 그 순간을 못 넘기고 짜증을 내며 한두 마디씩 던졌다. 때로는 욕설까지 해서 혜은이와 말다툼을 벌이곤 했다.

이는 세 학생의 자리를 최대한 멀찌감치 떨어뜨려놓았으나 공수를 주고받는 반경만 넓어져 수업 분위기는 더 흐트러졌다. 수업 중 지적을 받는 대개의 학생들이 그러하듯 이한이와 혜은이와 시준이는 연쇄적으로 상대방 탓을 하며 무고함을 주장했다.

어느 날 이는 이 세 명의 트릭스터^{trickster}를 방과 후에 따로 불러 영상을 하나 보여주었다. SBS 〈순간포착 세상에 이런 일이〉에 나온 사연으로, 행인들의 뒤통수를 쪼는 새에 관한 것이었다. 가로수 아래를 지나갈 때마다 느닷없이 새가 나타나서 뒤통수를 가격하니 개중에는 모자로도 방어가 안 돼 우산을 쓰고 다니는 사람들도 있었다. 새 전문가의 소견은 번식기에 새끼들을 지키려는 물까치 어미들이 둥지 근처를 지나는 사람들을 공격한다는 것. 자세히 조사해보니 그 동네 가로수에는 물까치 둥지들이 곳곳에 보였고 어린 새끼들은 어미들에게 모이를 받아 먹으며 성장하는 중이었다. 전문가는 그 새끼들이 제 힘으로 날아오르게 되면 어미 새가 더는 주변의 행인들을 공격할 이유도 없어진다며 행인들에게 원인을 알게 된 만큼 조금만 더 인내해달라고 말했다. 이는 TV에서 그 영상을 보았을 때 세 악동들의 과잉행동을 떠올렸다.

함께 영상 시청을 한 후 이가 물었다.

"내 친구가 이해되지 않거나 튀거나 공격적인 행동을 한다면 그 이유는 무엇일까요?"

이한이는 손가락으로 연필을 돌리고 시준이는 무심히 코를 후비는데 혜은이는 골똘히 생각에 잠겼다. 혜은이는 마음이 따뜻하고 자신만의 생각에 깊이를 더할 줄 아는 학생이었다. 세월호 참사 3주기 추모 행사 때 친구들이 포스트잇에 쓴 글을 모아 정성껏 노란 리본 모양으로 꾸미고, 이가 『단원고 약전』을 읽어주자 누구보다 열심히 귀 기울였으며 독서 시간에는 도서실에 비치된 그 책을 가장 먼저 찾아보기도 했다. 그런 혜은이가 한참 만에 조심스레 답했다.

"뭔가를 지키려고요?"

"그렇죠! 우리 각자에게도 꼭 지키고 싶은 무엇이 있죠? 그것을 제대로 보듬으며 성장하게 된다면 더는 그런 행동을 하지 않게 되겠죠. 오늘부터 한번 생각해보세요. 나는 무엇을 지키려고 이런 행동을 하는 걸까? 저런 행동을 하는 친구는 무엇을 시키고 싶은 걸까? 그리고 나 자신에 대해서나 친구들에게나 조금 더 너그러운 마음을 가졌으면 해요."

1차 단합대회 - 요리대회

2학기가 되자 요리대회 추진위원회는 본격적으로 활동에 들어갔다. 가장 공을 들인 것이 모둠 편성이었다. 친소 관계를 고려하면서도 어느 한 모둠의 활력이 떨어지지 않도록 해야 했다. 이런저런 불만과 민원 속에서 조정에 조정을 거듭하던 세연이는 더는 못하겠다고 짜증을 버럭 내기도 했고, 결국 영표가 1모둠에 결합하는 것으로 모둠 구성은 마무리되었다.

추진위원회는 모둠별로 요리 종목을 정하도록 하고 각 모둠이 필요한 물품, 재료들을 신청받았다. 이도 중간 점검 차 신청서를 훑어보았다. 1모둠은 소고기미역국에 밥(1960년대도 아닌데 이 밥에 소고깃국이라니), 2모둠은 스파게티와 콘치즈, 3모둠은 삼겹살에 비빔면, 4모둠은 치킨……!! 이는 4모둠원들에게 물었다.

"지난번에 치킨 파티는 통과되지 않았으니 치킨을 시켜 먹는 건 아닐 테고, 설마 치킨을 만들어 먹겠다는 것?"

"예!"

"무슨 소리예요? 불을 사용하는 것도 조심스러운데 기름에 튀기는 치킨을! 다른 메뉴로 바꿔야겠네요."

"선생님, 저희 잘할 수 있어요!"

"집에서 치킨 만들어본 적 있는 사람?"

이의 물음에 아무도 손을 들지 않았다. 이는 완강히 모둠원들의 마음을 돌리려 했으나 소현이가 워낙 요리를 잘한다고 모둠원들이 칭찬하고, 레시피를 꼼꼼하게 보고 잘 준비하겠다는 말에 오히려 설득당하고 말았다.

요리대회 추진위원들은 신청서를 수합하여 요리 재료와 간식, 상품으로 나눠줄 과자까지 직접 마트에서 구매했다. 이한이는 생수통을 번쩍 나르며 땀을 뻘뻘 흘렸다. 진희는 예산을 아끼자며 소소한 양념들은 집에서 가져왔다.

맑고 푸른 가을날이었다. 수업을 마치고 본격적인 요리대회에 앞서 모둠별 화합 순서로 피구를 했다. 처리해야 할 업무를 마무리하느라 이가 30분쯤 늦게 운동장에 나가보니 '이게 무슨 단합이냐!'라며 몇몇 학생들이 씩씩거리고 있었다. 이유는 이한이와 승훈이가 심판을 보며 편파 판정을 했다는 것. 승훈이와 이한이도 학생들이 너무 말을 안 듣는다고 억울해했다. 어그러진 감정을 다 추스르지 못한 채 학생들은 다시 요리대회 장소인 과학실로 모였다. 진희와 세연이가 준비해온 프로그램들을 ppt 화면으로 띄웠다. 첫 번째 게임은 모둠별 대표가 몸짓을 통해 화면에 제시된 동물 이름을 알아맞히게 하는 것이었다. 처음엔 시큰둥하던 모둠원들도 한껏 몸짓에 열을 올리는 친구를 보면서 답을 맞히려 애를 썼다. 지켜보던 다른 모둠원들도 발을 구르며 깔깔거렸다.

활기 가득해진 과학실 안에서 요리대회가 시작되었다. 1모둠의 소고기미역국은 아무래도 적극적인 논의 끝에 정해진 아이템이 아닌 듯했다. 구성원들은 대부분 반에서 가장 조용한 축에 드는 학생들이었고 메뉴를 제안한 영표는 다른 모둠 요리하는 데 끼어들어 구경하느라 여념이 없었다. 시준이는 아예 컵라면을 사오게 해달라고 이에게 보챘다. 여학생들 몇이 소고기를 참기름에 볶고 미역을 불려 국을 끓여내었는데 영 간이 맞지 않았다. 세연이가 다가와 말했다.

"간장은 빛깔을 내는 데 쓰고 부족한 간은 소금으로 하는 게 좋아."

국이 얼추 완성되자 영표가 햇반을 데워왔다. 그렇게 1모둠원들은 가장 먼저 식사를 마쳤다.

2모둠에서는 예림이가 발군의 실력을 발휘했다. 사남매의 맏이인 예림이는 손이 크고 솜씨가 좋아서 넉넉한 양과 멋진 맛으로 메뉴를 훌륭히 완성했다. 모둠원들과 식사를 하는 중간중간 다른 모둠 친구들에게도 종이컵을 내밀며 스파게티와 콘치즈를 제공했다. 3모둠원에서도 승훈이가 익숙한 솜씨로 고기를 굽고 저마다 쌈을 싸서 기웃기웃 다가오는 친구들의 입에 물려주었다.

4모둠의 치킨 만들기는 다른 모둠원들의 식사가 거의 끝나갈 무렵까지 진행되었다. 전날 이가 다시 한번 준비를 잘 해오라고 당부했는데, 4모둠원들은 소현이의 지휘 아래 카레가루에 우유까지 활용해 냄새를 잡고 두 번 기름에 튀겨 노릇한 빛깔을 그럴듯하게 내고 토마토케첩과 고추장, 아몬드 가루까지 버무려 양념을 발라냈다. 도중에 주희는 기름에 손가락을 데기도 했지만 의연하게 치킨을 튀겼다(나중에 주희 어머니에게 들으니 주희가 집에서 라면밖에 끓여보지 않았다고 했다. 주희는 무슨 일이든 먼저 나서지는 않지만 힘든 일이 있을 때 제 몸을 던질 줄 아는 학생이었다). 고소한 냄새, 그럴듯한 비주얼에 학생들은 군침을 꼴깍꼴깍 삼키며 4모둠 주변을 배회했다.

요리가 완성되었을 때 이는 깜짝 놀랐다. 4모둠원들은 다른 모둠원들이 골고루 먹을 수 있도록 개수를 채워서 양념 반 프라이드 반의 풍성한 시식 접시를 돌리는 게 아닌가. 정작 자신들이 먹을 양은 수고한 것에 비해 얼마 안 되었다. 신나게 닭을 뜯는 학생들 사이에서 이도 4모둠표 치킨을 맛보았다.

"샘이 먹어본 치킨 중에 제일 맛있네요. 상표 등록해도 되겠어요!"

과장이 아니었다. 처음으로 만들어본 것이라는 게 무색하게 바삭하고 적절히 짭조름하면서도 폭신한 감촉이 일품이었다. 양념도 과하지 않게 입에 와 감겼다.

과학실을 내주며 학생들을 독려했던 한 선생과 함께 이가 요리 심사에 나섰고, 심사 결과는 학생들이 예상한 대로 치킨이 최우수, 스파게티가 우수, 삼겹살과 소고기미역국은 장려가 되었다. 하지만 그런 게 무슨 의미랴. 학생들이 공공의 예산을 슬기롭게 집행하고 풍성한 나눔을 실행하며 즐거워하는 것을 보고 이의 가슴은 자릿하게 벅차왔다. 이는 그 저녁을 두고두고 돌아보았다.

2차 단합대회

"단합대회 한 지 석 달밖에 안 됐잖아요."

이가 난색을 표했다.

"샘, 석 달이나 됐다구요!"

학생들은 계속 졸라댔다.

"이제 겨울방학도 코앞인데…… 머지않아 새 학년에 올라갈 거구요."

"샘, 이대로 방학할 순 없다구요. 새 학년 올라가기 전에 '단합'해서 추억을 더 쌓아야 한다고요."

학생들의 성화에 이는 사정조로 말했다. 학생회 선거를 치르느라 바빴고, 학년 말 생활기록부 업무며 각종 보고서 쓰는 일도 다 미루어두었던 터여서 그야말로 눈코 뜰 새 없이 바쁜 와중에 학급 단합대회까지 추진할 마음의 여유가 나지 않는다고.

"이번 단합대회는 지난번보다 더 저희가 알아서 준비할게요. 체육대회 우승 상금도 있고 축제 때 저희가 학급 이벤트하면서 모은 돈도 있으니 예산 걱정도 없잖아요, 네?"

이는 피자 몇 판 돌리면서 학년 말 잔치입네 예산을 소진하려던 자신의 안일함이 부끄러워졌다. 저물어가는 한 해의 끝자락에서 밤늦게까지 모여 앉아 놀고 떠들며 한바탕 어우러지는 자리를 만들겠다는 학생들을 그에 외면할 수는 없었다.

"그래요, 합시다. 단 이번에는 저녁 식사는 외부에서 사먹는 걸로 간단히 해결하고 돌아와서 여러분이 준비한 프로그램을 진행하는 게 어때요?"

"좋아요!"

학생들은 1차 단합대회 때처럼 추진위원회를 꾸렸다. 단합대회를 가장 적극적으로 주장했던 은별이, 해람이, 다운이, 진경이가 추진위원이 되었다. 이는 추진위원들을 불러 다시 한번 당부했다. 프로그램을 꼼꼼히 준비할 것, 소외되거나 불편함을 느끼는 친구가 없게 세심히 살필 것. 추진위원들은 당연히 자신들이 할 바라며 격하게 공감을 표하고 신이 나서 교무실을 나갔다. 이는 조를 줄 알고, 쉬 물러서지 않으며, 제 어깨로 책임을 지려는 학생들이 대견했다.

흥성스러운 저녁 식사 자리에서 가장 돋보인 건 재민이였다. 모둠별로 앉은 불판 앞에서 재민이는 서투른 인하 대신 집게와 가위를 받아들고는 다른 친구들이 식사를 마칠 때까지 연신 고기를 불판에 올려주었다. 장래희망이 골프선수인 재민이는 훈련으로 인해 학교를 빠진 날이 많았는데 오래간만에 단합대회 자리에 합류해서는 자상하고 살가운 면모를 다시 보여주었다. 1차 단합대회 때 주희가 손가락에 화상을 입자 화상 연고를 사다 준 것도 재민이였다. 뒤늦게야 식사를 시작한 재민이는 친구들이 남긴 반찬과 고기에 밥 두 공기를 뚝딱 해치웠다. 식당을 나오며 재민이는 이에게 꾸벅 인사했다.

"잘 먹었습니다. 선생님, 수고 많으셨어요."

학교로 돌아온 학생들은 방울 술래잡기를 시작으로 추진위원들이 준비한 놀이를 이어갔다. 이는 잠시 지켜보다가 교무실로 올라가 못다 한 생활기록부 점검을 마저 했다. 조금 뒤 시준이가 빼꼼히 문을 열고 들어왔다.

"시준아, 왜 친구들하고 같이 놀이 안 하고?"

"어…… 화장실 갔다가 그냥 와봤어요. 근데 애들이 하는 게 다 유치한 거라 별로 재미없어요."

시준이가 유달리 커다란 눈에 제법 냉소를 담아 말했다. 적극적이고 활발한 성격의 시준이는 친구들 사이에서 가끔씩 겉돌 때가 있었다. 애교도 있고 재치도 있어 귀염둥이 막냇동생으로서는 제격인데 동료로서 품어주고 받아주는 역할은 2퍼센트 부족한 게 원인인 듯했다.

"얘는! 유치한 걸 즐길 줄 아는 게 놀이 정신이지. 다 같이 노는데 고상하고 세련된 게 어딨어?"

"선생님, 그래도 아까 고기는 맛있었어요. 이렇게 사 먹으면 훨씬 간단한데, 왜 지난번엔 요리대회다 뭐다 해서 번거롭게 한 거죠?"

"이번엔 학년 말이라 선생님도 바쁘고 날씨도 춥고 해서 못했지만, 단합이라는 게 힘든 과정을 같이 겪으면서 성취해가는 데서 이뤄지는 거 아닐까? 같이 메뉴를 정하고 역할을 분담하고 완성도가 높든 그렇지 않든 직접 만든 요리를 나눠 먹고 말이야."

"그런가……."

"애들이 찾겠다. 가봐야지. 샘도 조금 있다 갈게."

"예."

시준이가 간 뒤에 이는 생활기록부의 행동발달상황에 쓴 글들을 다시 읽어보았다. 1500자의 줄글로 어찌 함께한 학생들의 치열한 삶을 다 드러낼 수가 있을까. 행동발달상황을 쓸 때면 이는 언제나 어휘력의 한계를 느꼈다. 명랑, 쾌활, 책임감, 다정다감, 솔선수범, 세심함, 섬세함, 감수성이 풍부함…… 학생들의 면모에 대하여 이가 겨우 포착하거나 발견한 단어들은 정형화된 틀을 벗어나지 못했다. 학생들의 생동을 미처 다 보지 못하고 둔감하고 좁은 어른의 시야에 갇힌 채 함부로 평가하는 건 아닌지 이는 행동발달상황을 쓸 때마다 미안해지곤 했다. 이가 학생들을 떠올리며 단어를 고르고 또 고르는데 교내를 순시하던 숙직기사가 이에게 인사를 건넸다.

"이 선생님, 수고 많으십니다."

G중은 시험 기간을 제외하고는 일주일에 거의 한두 건씩 학급 단합대회가 있어 밤늦게까지 학생들이 남아 있곤 했으니 숙

직을 하는 입장에서는 그리 달갑지 않을 수 있었다. 그럼에도 숙
직기사는 한 번도 얼굴을 찌푸리지 않고 학생들의 시끌벅적함을
이해해주었으며 행사 뒤엔 문단속과 시설 점검을 꼼꼼히 해주었
다. 이의 아버지 연배라던 그는 젊은 시절 사립학교에서 학생들
에게 영어를 가르친 경험도 있었다면서 노년에 어린 학생들을
보며 생활할 수 있는 게 기쁨이라고 말했다.

"올해도 다 가고 이제 내일이면 방학이네요."

"기사님, 매번 행사 때마다 도움 주셔서 감사합니다. 기사님
이 계셔서 든든해요."

숙직기사가 미소를 지었다.

생활기록부 점검을 마친 뒤 이는 출판사에서 보내온 학급 문
집(혜은이가 표지를 또 예쁘게 디자인한)을 뿌듯이 펼쳐보고는 다음
날 학생들에게 나눠주기 위해 한 권 한 권에 학생들의 이름을 썼
다. 그러고는 반 교실에 가보았다. 윤서가 수건을 쥐고 동그란 원
바깥에서 숨차게 돌며 함박웃음을 띠고 있었다. 윤서는 친구들과
허물없이 지내고 싶은 갈망이 큰 반면 긴장된 태도로 인해 관계
맺기에서 어려움을 겪는 학생이었다. 실패한 경험이 위축을 부
르고 위축된 태세가 다시 실패를 부르고…… 그렇게 쌓인 마음
의 굳은살이 몸의 유연함을 잃게 만들었다. 친구들의 눈치를 보
면 볼수록 정작 친구들과 자연스레 소통할 수 있는 맥락에서 벗

어나곤 했다. 그런 윤서의 뒤에 누군가 수건을 놓아준 것이다. 윤서는 용케 해람이의 등 뒤에 수건을 놓고 한 바퀴 돌아 그 자리에 뛰어가 앉았다. 그건 주저하지 않아도 함께 섞여 앉을 수 있는, 누구의 얼굴이어도 환대할 수 있는 자리였다.

단합대회가 끝나고 교무실로 다시 올라온 이는 한 해 동안의 학급살이를 추억하며 학급 운영 자료들을 넘겨보았다.

점수로 줄 세워지지 않고 누구나 자존감을 가진 구성원으로서 빛날 수 있는 길을, 대학이라는 미래에 담보 잡히지 않고 지금 여기를 충만히 만들어가는 배움의 내용을, 모두가 좋다는 선택보다는 내 스스로 좋은 삶을 선택할 수 있는 용기와 지혜를 함께 찾아가고 싶습니다. 한 명의 뛰어난 판검사가 아니라, 대다수의 깨어 있는 시민이 우리가 사는 세상을 훨씬 건강하게 만들 수 있다고 믿습니다. 우리 학생들이 언제 어느 곳에 있더라도, 자신과 남을 돌아보고 서로의 삶을 가꿔줄 수 있는 교양 있는 시민으로 성장할 수 있도록 노력하겠습니다.

3월 첫날에 이가 학부모들에게 보낸 통신문이었다. 그 바람과 다짐에 이의 발걸음은 여전히 다 못 미쳤다. 그럼에도 입시 경쟁과 사교육의 풍파 속에서 서로 마음을 맞추며 한 걸음씩 나아간 학생들, 씩씩한 개인이자 함께 디딤돌이 되며 어우러질 줄 아는 공동체의 일원으로 성숙해온 1학년 2반의 학생들이 이는 사랑스러웠다. 세밑의 날씨는 춥고 밤은 깊었으나 이의 가슴을 간질이는 건 분명 봄기운의 씨앗이었다. 정든 세월을 뒤로하고 머지않아 이의 품을 떠나 날아오를 어린 새들의 온기를 새기며, 이는 교무실의 불을 끄고 학교를 나왔다. 또 한 개의 별빛이 저만치에서 반짝였다.

다시, 봄날

풍경, 하나

"유 선생은 콜센터 직원 같아."

코로나19로 초유의 사태를 맞은 학교 현장에서 원격 수업을 총괄하고 있는 유 선생님을 보며 박 선생님이 애틋하고 짠한 마음을 표합니다. 학기 초, 콘텐츠 수업이며 쌍방향 화상수업의 A부터 Z까지 하나하나 선생님들을 안내하고 지원하느라 유 선생님은 쉴 틈이 없습니다.

유 선생님은 예전에 저와 같은 학교에서 근무한 적이 있는 후배 교사입니다. 같이 근무하기 전에도 집회 현장에서 새내기 유 선생님을 본 적이 있었는데, 동글동글 생기 어린 얼굴, 한 갈래로 땋은 머리, 짧은 치마에 힐을 신고 나온 모습이 퍽 인상적이었습니다. 상큼발랄한 유 선생님의 에너지는 사뭇 제 마음을 설레게 했습니다.

그 얼마 후 유 선생님이 제가 일하던 학교로 발령받아 왔습니다. 저는 씩씩한 유 선생님이 학내 현안을 해결해가는 데 힘을 한껏 보태주기를 기대했습니다. 그런데 유 선생님은 전교조 지회 집행부에 새 구성원으로 들어가 바쁘게 일하면서 단위학교 모임 자리에는 참석하지 못하는 경우가 많아 픽 아쉬웠더랬습니다.

십수 년이 지나고 몇 군데 학교를 거쳐 다시 만난 유 선생님은 단단하면서도 유연한 지회 활동가요, 학교 내 든든한 버팀목으로 여러 선생님들의 손과 발이 되어주고 있습니다. 혼신을 바치며 신명을 다해 건너온 유 선생님의 시간은 얼마나 도저한 것일까요? 서로 다른 궤도에서 우리가 밀고 온 삶들은 또 얼마나 촘촘히 눈부신 결들을 가지고 있을까요?

풍경, 둘

박 선생님이 아끼는 후배 중에는 K중의 한 선생님도 있습니다. 한 선생님이 코로나19로 수학여행을 가지 못하는 학생들을 위하여 교내 체험형 제주 수학여행을 기획했더라며 박 선생님은 들뜬 목소리로 K중의 소식을 전합니다.

수학여행을 맞아 K중의 선생님들은 운동장 곳곳에 사진과 그림으로 한림공원, 새별오름, 중문 해수욕장, 성산 일출봉 등의 체험 코스를 만들고, 4·3을 추모하는 그림전과 제주도 사진전을 준비하고, 여행 가이드를 맡았습니다. 학생들은 사전 교육으로 사회와 역사 시간엔 제주 4·3에 대해 배우고, 영어 시간엔 소설「순이삼촌」일부분을 영문판으로 읽었습니다. 수학여행 당일에는 해물뚝배기로 급식을 먹은 뒤 교실에서 랜선 체험을 하고 제주도어 퀴즈를 풀고, 운동장에 마련된 제주 명소를 다니며 사진을 찍었습니다. 교장실에 꾸며놓은 우도에 가서 교장 선생님이 나누어주시는 우도 땅콩아이스크림을 즐기기도 했습니다. 다시 교실에 돌아와서는 4·3을 추모하며 그림을 그리거나 짧은 글을 쓰고, 학급 친구들과 촛불 캠프파이어를 하며 마음을 나누었습니다. 제주 여행 기념품을 받으며 추억을 갈무리했습니다.

팬데믹은 우리 사회를 잔뜩 움츠리게 했지만 새로운 상상과 의연한 실천 속에서 교사들은 난장을 열고 학생들은 꿈틀, 기지개를 켭니다.

풍경, 셋

"서 선생님, 놀아주세요."

2년 차 신규 교사 서 선생님의 자리에는 매일같이 학생들이 찾아옵니다.

자신도 고등학생 때 매일 담임 선생님을 찾아갔다는 서 선생님은 업무로 바쁜 와중에도 기꺼이 일어나 어깨를 나란히 하고 가만가만 학생들에게 귀 기울여줍니다.

흐뭇이 바라보던 민 선생님은 고무장화를 들고 운동장으로 나갑니다. 정년을 바라보는 민 선생님이 생태 연못을 만들기 위해 흙을 뜹니다. 학생들과 생명을 보듬고자 뜨는 다시, 첫 삽입니다.

햇빛이 선생님들의 이마에 환하게 쏟아지는 봄날입니다.